【天眼】と呼ばれた英雄……
アルテミシアの奥義。その名は――
「天と地を繋ぐ光《サジタリウス》」
ユーストス
英雄たちの力と
心を宿す万能冒険者。
この冒険者、人類史最強です
〜外れスキル『鑑定』が『継承』に覚醒したので、数多の英雄たちの力を受け継ぎ無双する〜
2
レオナ姫
不治の呪いに
侵されたレスターブ王国の
王女様。

ユーストスが宿す
英雄たち
This adventurer is the strongest in the human history
剣聖
ユリアス
アルディア王国最強の騎士。
大量の魔法剣を操りつつ、
強敵には内に秘めた聖剣で
対抗する。
流星
クラン
肉体の限界を超えた
スピードを引き出すスキル
『神速』の使い手。
高速戦闘を得意とする。
聖女
フレイヤ
聖句を唱えることで強力な
結界を展開する防御の要。
結界の効力は詠唱の内容で
変化する。
賢者
ソロモン
現代の魔法技術の基礎を
作り上げた、幼き大魔法使い。
緻密な魔力操作で状況を
支配する。
天眼
アルテミシア
『千里眼』スキルを持つ
百発百中の射手。
混戦状態でも、その矢は
敵のみ正確無比に貫く。

この冒険者、
人類史最強です
～外れスキル『鑑定』が『継承』に覚醒したので、
数多の英雄たちの力を受け継ぎ無双する～
2
著｜日之影ソラ
画｜エシュアル

口絵・本文イラスト
エシュアル

装丁
AFTERGLOW

This adventurer is
the strongest in the human history

CONTENTS

プロローグ

ある日突然、『鑑定』スキルしか持たない俺はパーティーを追放されてしまった。

追い出された俺は己の不甲斐《ふがい》なさを嘆き、同時に苛立《いらだ》って、去り際に押し付けられたガラクタの山から水晶を取り出した。八つ当たりで水晶を叩《たた》き割ると、見たこともない不思議な空間にいざなわれる。

そこで俺は、一人の男に出会う。彼の名はローウェン、現代より数千年前に世界を救った六人の英雄の一人。俺は選ばれたのだと彼は言ってくれた。そしてスキルを進化させるとも。

「断言しよう。君はこれから、誰《だれ》よりも強くなれる」

そうして俺のスキル『鑑定』は『継承』に進化した。

進化したスキル『継承』の効果は、武器や道具から所有者の能力を受け継ぐというものだった。ただし継承には条件がある。その条件とは、所有者の生涯を疑似体験すること。

俺は手始めに、ローウェンと共に世界を救った五人の英雄、【剣聖】、【流星】、【聖女】、【天眼】、【賢者】のスキルと生涯を継承した。彼らの生涯は凄《すさ》まじく、俺のような一般人が到底体験できないようなことばかりが起こっていた。感動したし、悲しかった。それぞれに目的があって、考え方があって、後悔が残っていたから。

英雄たちのスキルを継承した後は、レガリアという街を目指す道中、土砂降りの中ゴブリンの襲撃を受けている三人の新米冒険者と出会う。剣士で獣人のアリア、弓使いでエルフのティア、銀髪の魔法使いマナ。彼女たちを助けてレガリアに向かい、そこで一緒にパーティーを組むことになった。

継承したスキルのお陰で彼女たちを支えることが出来たし、徐々に信頼され打ち解けていった。

しかしそんな折、ゴブリンロードが率いる五万のゴブリン軍団が攻め込んでくる事態が発生。多くの冒険者たちが戦場に馳《は》せ参じ、俺もその一人に加わった。継承したスキルでゴブリンたちを圧倒し、アリアたちのピンチを知り戦場を駆け抜ける。そして最後には、剣聖が所持した聖剣を振い、ゴブリンロードを打倒した。

ロードとの戦いを終え、平和なひと時が訪れる。俺の戦いを見たアリアたちが弟子入りを志願して来たり、ロード戦の活躍が原因でレガリアで有名になったり。少し前までの生活から一変して、慌ただしくも楽しい日々が続く。

そこへ王都から依頼が届く。その依頼内容は、呪《のろ》いの王の討伐だった。呪いの王は、俺が継承した英雄たちが戦った人類史上最悪の敵。それが数千年の時を経て、復活しようとしていた。

英雄たちの記憶と思いを知る俺は、彼らの力を受け継いだ者として、弟子と二人の騎士と共に、呪いの王を討伐するため旅に出る。

病を振りまく暗殺者、大地を踏み割る巨人、呪いの力に冒された騎士団長。道中行く手を阻む刺客たちと死闘を繰り広げ、旅路を行く。目指すは決戦の地、太陽の届かぬ場所だ。

第一章　廃都

獣人の村での戦いを終えた俺たちは、彼らに別れを告げて旅を再開した。騎士団長アレクセイが残した言葉、太陽の届かぬ場所、決戦の地……。

かつて、六人の英雄たちが旅の果てにたどり着いた場所で、呪いの王は復活を遂げようとしている。それを阻止するために、俺たちは歩き続ける。

左右は緑豊かな木々が生い茂る。森の中に延びる一本の道は、先が見えないくらい長く続いていた。

「そろそろ移動手段を何とかしたいですね」

「そうだな。さすがにずっとこのままは厳しいか」

歩いている途中で、ティアがぼそりと呟《つぶや》いた。俺もそれに頷《うなず》き同意する。

王都を出発した時は馬車を使っていた。クーレリアという街まではその馬車に乗って移動していたのだが、呪いの王の眷属《けんぞく》との戦闘の中で失ってしまった。それからはずっと『飛翔』スキルと徒歩で目的地を目指している。

獣人の村に立ち寄った時、馬車を貸してもらえないか打診した。結果として、それは難しいということだった。彼らは村での生活が中心で、外にはほとんど出ないらしい。だから世話が必要な馬は飼っていないそうだ。

歩きながら、騎士のグリアナさんが俺に提案する。

「どこか街か村に立ち寄って、また交渉してみましょう」

「そうですね」

大きさとか綺麗《きれい》さは気にしない。贅沢《ぜいたく》は言わないから、せめて馬だけでも貸してもらえるとありがたい。今のところ時間的な余裕はあるが、出来るだけ早く呪いの王の元へたどり着きたいというのも本音だ。

こうしている間にも、呪いを受けた人たちは苦しんでいる。俺たちに呪いの王の存在を伝えた姫様も、呪いに身体《からだ》を蝕《むしば》まれていた。完全に呪いが発動してしまう前に、呪いの王を倒さなければならない。

だが、焦ったところで事態が良くなることもない。変に気負わず、いつも通りに行動したほうがきっと良い。そう自分を納得させる。

「まずは村を探さないと」

「村か〜。今度はどんな人たちが暮らしてるのかな?」

そう言ったのはアリアだった。隣を歩く彼女に視線を向けると、少しワクワクしているように見える。

「気になるのか?」

「うん!」

彼女は元気いっぱいに返事をした。一つ前に訪れた村は、彼女と同じ種族である獣人が暮らす小さな村だった。彼女はこれまで、自分以外の獣人と交流を持たなかったそうだ。初めての同胞に歓迎され、とても嬉《うれ》しそうな笑顔を見せていたことを思い出す。

きっと、次への期待はそこから生まれているのだろう。また獣人が暮らす村かもしれないし、ティアのようなエルフの村という可能性もある。はたまた全く違う種族ということも。

そんな期待を胸に歩き続け、マナが最初に気付く。

「お兄さん、建物が見えてきた」

「ん？　ああ、本当だ」

木々に挟まれた道の脇《わき》に、木造建築の小屋が建っていた。まだ小屋しか見えないけど、その周辺は木々が切り倒されて人工的に作られた空間が広がっている。

村があるかもしれないという思いからか、自然に全員の歩く速度が速くなっていく。アリアと同じ期待を感じながら、小屋の近くまで歩み寄った。

しかし――

その期待は、いとも簡単に裏切られた。

「え？」

「誰も……いない」

俺とアリアは驚き、思わず声に出してしまった。小屋の裏には予想通り他の建物が並び建っていた。手前の小屋と同じ木造建築、横に広い一階建ての建物が一定の間隔を空けて建っている。

建物の横には、畑に作物が残っており、さらに建物から少し離れた場所には、木の柵《さく》でぐるっと囲われた空間もある。おそらく馬か何かの家畜を飼っていたのだろう。

ただし、中には何もいない。

人の姿はなく、声もなく、気配もない。地面へ視線を向けると、人や動物の足あとが残されていたから、誰かが暮らしていたことは間違いなさそうだ。

無人の村に唖然《あぜん》とした俺たちだったが、一先《ひとま》ず家々を一通り回ってみることにした。

「ごめんくださーい！」

アリアがよく通る大きな声で呼びかけてくれた。しかし無反応。返ってくるのは静寂だけ。続けてティアも呼びかける。

「どなたかいらっしゃいませんか？」

やはり返事は返ってこなかった。それから二軒目、三軒目と回り最後の一軒まで無人であることを確認して、俺たちは村の中心に集まった。

俺は腕を組みながら呟く。

「どういうことだ？　誰もいなくなっているなんて」

「も、もしかして襲われたんじゃ！」

そう言ってアリアが焦りを見せる。確かにその可能性もある。ここは獣人の村からそう遠く離れていない。獣人の村を襲った巨人ギガースや、あれを操っていた悪魔のパリカ。彼女たちがいたことを考えても、周囲の村が襲撃されているケースは十分にあり得る話だ。

ただ、今いる村の様子はあきらかに不自然だ。

「襲われたんだとしたら何で、争った形跡が一切ないんだ？」

「た、確かに……でも先生！　相手が呪いの王の眷属なら」

「そうだな。アリアの言う通り、呪いの王の眷属が犯人だとしたらあり得る。奴らの力は出鱈目《でたらめ》だからな」

そうは言っても、村の状態が綺麗すぎることに違和感はある。いくら圧倒的な力を持っていたとしても、一切の痕跡《こんせき》を残さず住人を殺せるだろうか。もしくはここでは殺さず、どこかへ攫《さら》ったのかもしれない。

「ユーストス殿、他の村も見てみるというのはどうだろう？　ここで考えていても答えは出ないと思うのだが？」

「……そうですね。そうしましょう」

俺はグリアナさんの提案に賛成した。獣人の村で聞いた話だと、このあたりにはいくつか村があるということだった。この村だけがこうなのか、他も同じなのか。まずは確かめるべきだ。

そうして俺たちは、次の村へと足を進めた。

◇◇◇

最初に見つけた村以外に、周囲には三つの村があった。そのどれもが無人で、まったく同じ状況だった。

誰《だれ》もいなくなっていて、争った形跡は残っていない。綺麗に生き物だけがいなくて、まるで神隠しにでもあったようだ。

不気味だったし、不安になった。どうしてこうなったのか、村の人たちはどこへ消えたのか。考えながら、話しながら歩いていた俺たちも、次第に言葉数が減っていく。敵がいる可能性が高まって、常に周囲を警戒して進む。

そうして歩き続け、西の空に夕日が沈み始める頃《ころ》だった。

長かった森を抜け、開けた場所に出る。そこには石壁で囲われた大きな街があった。より正確に表現するなら、街の跡が。

白と黄色が混ざり合ったような色の石で造られた家々。中にはドーム状の屋根をした特徴的な家もあって、二階建てや三階建てもチラホラ見受けられる。道も土ではなく、家と同じ石が敷かれ整備されている。

森にあった小さな村とは違い、何千人もが暮らしていた大きな街だ。ただしここも無人……人はもちろん、動物の気配もない。

「ここも……」

「いいや違うよ、アリア」

これまでと同じように無人の街を見て、アリアは不安げに表情を暗くする。だけど同じ無人でも、今までとは違う。

石で造られた建物の壁は、バラバラと崩れている。争って破壊されたのではなく、長い時間をかけて劣化し、風化していた。

「数日の変化じゃない。ここはずっと前に無人になってそのままなんだと思う」

ボロボロになった建物の壁に触れながら、時間の流れを感じ取る。何となく、この街を見た時から妙な懐かしさを感じていた。建物の造りは現代と違い、街の雰囲気も王都やレガリアと全く違う。こんな場所に来るのは当然初めてだ。

ならば俺の記憶から感じる懐かしさじゃない。俺の中にある五人、その中の一人……。

「お兄さん、ボク……この街を知ってる気がする」

「マナ？」

服の袖《そで》を引っ張る彼女が、俺と同じことを考えていると知った。彼女のお陰でようやく確信が持てた。俺とマナの共通点……それは、人類史上最も偉大な魔法使いの生涯を知っているということだ。

「ああ、俺も知っているよ」

つまり、この街は――

「ここはソロモンが暮らした街だ」

世界を救った六人の英雄、その一人。【賢者】と呼ばれ、現代に残る魔法技術の基礎を作り上げた人物。幼き天才魔法使いソロモン。彼が生まれ育ち、後に追い出される街。名前は確か……。

「イルサレム？」

「そう。イルサレムの街だ」

俺より先にマナが街の名前を口にした。イルサレムは、彼が十歳の頃まで過ごした街だ。当時この辺りを治めていた国の主要都市で、白の都と呼ばれる美しい街だった。

ソロモンの記憶には、白く綺麗な建物が並ぶ街並みが残っている。今では劣化し、壁の白は黄ばんでしまったようだ。

全体的な風景も、ソロモンが暮らしていた頃と異なっている。

「おそらく数千年前……呪《のろ》いの王の侵攻で滅んでからずっとこの状態なんだろうね。道中の村と違って、人が暮らしていた形跡もなくなっているし」

「それだけ長い時間が経《た》った、ということなんですね」

ティアの言葉に俺は頷く。数千年という本当に長い時間が経って、この街は徐々に崩れていったのだろう。栄えていた頃を知っている俺とマナは特に、静かになってしまった都の風景に感じるものがあった。

しみじみと、思い出に浸るように眺める。気付けば、ついさっきまで感じていた不安が和らいでいて、気も緩んでいた。

「――ここで何をしているのです？」

その気の緩みに刃《やいば》を突き刺すように、冷たく重い声が響く。一瞬で緊張が高まって、俺たちは声のする方向に視線を向けた。

そこには一人の男が宙に浮かんでいた。いや、正確には人ではない。頭には二本のいびつな形をした角を生やし、背中からはコウモリのような黒い羽を生やしている。そして腰から伸びるドラゴンのような尻尾《しっぽ》。加えて氷のように冷たく濁った魔力を感じる。

間違いない、悪魔だ。それもかなり強力な力を持っている。感じる魔力の圧は、獣人の村で戦ったパリカとは比べ物にならないほど強い。

それだけではない。理由は言葉で説明できない。ただの感覚でしかないのだけど、この悪魔のことも、俺は知っているような気がした。

「もう一度聞きます。ここで何をしているのですか？」

「……そっちこそ、こんな場所で何をしているんだ？　俺たちを待ち伏せでもしていたか？」

「待ち伏せ？　なぜ？」

一触即発の空気が漂う。互いの殺気を視線に乗せてぶつけ合い、どちらが先手を取るか思考を回《めぐ》らせる。俺だけではなく、アリアたちも同様に戦える姿勢で空を見上げていた。

「なぜ私が貴方《あなた》たちを待ち伏せる必要があるのですか？」

「惚《とぼ》けるなよ。あんたも呪いの王の眷属《けんぞく》だろ？」

呪いの王という言葉に悪魔はピクリと反応した。しかしなぜか、その後で大きなため息をこぼす。

「……はぁー」

ため息と一緒に、悪魔が放っていた殺気が緩む。

「まさか、あれらの同胞と勘違いされるとは……心外ですね」

「勘違い……だと？」

何だ……急に気が抜けたみたいに……。

「そのご様子だと、貴方たちは我々を狙《ねら》ってこの地へ訪れたわけではなさそうだ」

悪魔は続けて安堵《あんど》したような表情を見せた。極限に高まった緊張が緩み、予想しなかった言葉が次々と出てくる。さすがに戸惑いを隠せない俺は、その疑問を直接悪魔に投げかけることにした。

「眷属じゃ……ないのか？」

「違いますよ。私はラザエル。かの王の眷属から同胞とこの地を守護する者です」

その悪魔は自分の胸に手を当て、ラザエルという名を口にした。名前に聞き覚えはないのに、未《いま》だ僅《わず》かに懐かしさを感じる。それ以上に、守護という言葉が引っかかった。

「守っている？　でも、悪魔だろう？」

「ええ。見ての通り悪魔です」

容姿は誤魔化《ごまか》しようもなく悪魔で、彼も自身が悪魔であることをあっさり認めてしまった。その所為《せい》で余計にわからなくなる。

俺の中にある彼らの記憶……その中で、悪魔たちは呪いの王に付き従っていた。パリカのように、王の元へ向かう者たちの前に、その行く手を阻む敵として立ちはだかっていたはずだ。

すると、考え黙り込んでいた俺に、ラザエルが問いかける。

「私は名乗りました。次はそちらの番ではありませんか？」

そう言って、ラザエルはゆっくりと地上に降りてくる。警戒して武器を構えるアリアたちに、ラザエルは両手をあげて戦う意思がないことをアピールする。あれから殺気は消え、敵意も一切感じなくなってしまった。

降伏するかのように両手をあげている姿に違和感を感じつつも、俺はアリアたちに武器を下ろすように伝えた。

全員が武器を下ろしたことを確認して、一定の距離を保ったまま、俺は改めて口を開く。

「俺はユーストス、冒険者だ。レスターブ王国のレオナ姫からの依頼で、呪いの王を討伐するための旅をしている。こっちの三人は弟子たちだ」

「アリアです」

「ティアと言います」

「……マナ」

三人が続けて名前を口にした。いつも元気いっぱいに挨拶《あいさつ》をするアリアだったが、今はすごく大人《おとな》しい。他の二人も同様に、まだ警戒しているようだ。

「私はレスターブ王国騎士団所属、グリアナ・フォトレスです」

最後にグリアナさんが自己紹介と挨拶をして、全員の名前が伝わった。ラザエルは顎《あご》に手を当てながら、ふむふむと聞いた名前を呟《つぶや》く。

「レスターブ王国……なるほど、では噂《うわさ》に聞く勇者一行とは貴方たちのことだったのですね」

「え、勇者？」

「ええ。大国に選ばれた一行が、世界を救うために旅をしている……そう風の噂で聞いていましたが、まさかお会いできるとは」

ラザエルは安堵の笑顔を見せる。安心しきったその表情は、悪魔とは思えないほど穏やかで、落ち着いていた。そんな笑顔を見てしまえば、残っていた警戒心も薄れる。気付けば全員が、ラザエルに対する警戒を解いていた。

「……先ほどは失礼しました。話を聞かせてもらえますか？」

「はい。私もお聞きしたいことがたくさんあります」

俺の質問に答えたラザエルは、清々《すがすが》しい返事を返した。

それから俺たちは、ラザエルがどうして俺たちの前に姿を見せたのかを尋ねた。結論から先に言うと、俺たちを呪いの王の手下だと勘違いしたからだそうだ。

最初の接敵は半年前だったという。呪いの王の直接的な眷属ではなく、かの王に同調した悪魔たちが相手だったとか。半年前から呪いの王に復活の予兆があり、姫様より先に悪魔たちは気付いていたようだ。

ラザエルの話によると、この廃都の地下には悪魔たちの集落があるらしい。俺たちはそこへ案内してもらいながら、話の続きを聞く。

「皆さんはどうやら、悪魔が全《すべ》て呪いの王に賛同するとお考えのようですが、それは勘違いというものです」

「勘違い……ですか」

「はい」

そう言われても、正直すぐには納得できない。俺や三人の弟子たちは、英雄の記憶を持っている。

その記憶の中にいた悪魔たちは残忍で、冷酷で、人類の敵だった。パリカという悪魔とも戦ったことで、悪魔が呪いの王の味方だという認識は強まっている。

そういう腑《ふ》に落《お》ちないという感情が表情に出ていたのだろう。ラザエルは小さくため息をこぼし、説明を続ける。

「確かに、呪いの王に賛同する悪魔は多い。一番の理由は、悪魔の本能にあります。一言で表現するなら支配欲。それが悪魔の本質であり根源にある感情です」

「支配欲……」

その言葉を聞いた時、魔王という言葉も同時に思い浮かんでいた。呪いの王と同じく、王の名を冠する存在。数千年前の戦いで、悪魔たちを束ね従えた大悪魔のことを。

「他者を見下し、虐げ、優越感を得る。それが悪魔……というので間違いありません。そういった欲は、呪いの王の持つ力に影響されやすい。呪いの源は負の感情ですから……ただ、それだけではありません」

ラザエルは話しながら、街の一番大きな建物に俺たちを案内した。他と同じように風化して、壁や天井が崩れ落ちている。元は五階建てくらいの大きな建物だったようだが、今では三階部分までしか残っていない。中心の床が抜けて、一階から空が見える。

瓦礫《がれき》に注意しながら彼の後に続くと、一つだけ綺麗《きれい》な状態を保つ部屋があった。鉄の扉の奥には地下へ続く階段があり、ラザエルを先頭に階段を下る。

「我々悪魔にも理性があります。欲に耐えうる理性がちゃんとあるんです。そこは人間と同じ……

本能を理性で制御し、抑え込むことも出来ます」

「つまり貴方は、呪いの王に賛同しなかったということですか？」

「はい。ただ、私だけではありませんがね」

そう言ってラザエルは階段を先に下りきり、閉ざされた黒い扉の前に立つ。俺たちが階段を下りきったことを確認すると、ラザエルはゆっくりと黒い扉を開いた。

そうして俺たちに言う。

「ようこそ、ここが我々悪魔と人間が暮らす街です」

眼下に広がっていたのは、地下とは思えないほど巨大な空間だった。

地面をそのまま刳《く》り抜いたような巨大な地下空間に、石と金属で建てられた頑丈そうな建物が並んでいる。街灯がいくつもあって、地下でも外の昼間みたいに明るい。

ガチャンゴトンという機械音がするほうを見ると、煙突から煙が上がっていた。何かを作る工場もあるみたいだ。

「すっごく広い！　地下ってわかんなくなっちゃうよ！」

「驚いて一瞬息をするのも忘れました」

「秘密の隠れ家……良いかも」

アリアは両腕を広げてクルリとその場で回り、自分がいる場所の広さと自由さを身体《からだ》で感じている。ティアは胸に手を当てながら、造り上げられた街に対して尊敬の眼差《まなざ》しを向けていた。マナは地下の街ということに感じるものがあるらしく、目を閉じてちょっと嬉《うれ》しそうに微笑《ほほえ》んでいる。

三人とも共通して、思いもよらない景色《けしき》に遭遇したことへの感動を露《あらわ》にしていた。もちろん俺も同じように感動している。

「奥には農場と放牧場もありますよ」

「これだけの規模を……作ったんですか？」

「ええ。と言っても、我々がではありません。この地に住んでいた同胞が、長い時間をかけて広げていった結果です」

ラザエル曰《いわ》く、始まりは千年以上昔のことだという。かつて悪魔の大多数が呪《のろ》いの王に付き従い、英雄たちと戦った。魔王が死に、呪いの王が倒されたことで戦いは終わる。

少数ではあったが、呪いの王に対抗していた悪魔たちも生き残った。少なくなってしまった同胞を集め、滅んでしまった都の地下に街を作り上げた。以来ずっと、悪魔たちはここで暮らしているという。

ラザエルの案内で、街を見て回る。飲食店に雑貨屋、治療院なんて書かれた建物もある。地下にあるという点を除けば、普通の街と変わらないようにも思えた。それにもっと驚いたことがある。

それは……。

「人間もいるんですね」

「ええ。少数ですが共に暮らしていますよ」

道行く人たちが挨拶をしてくれる。その中には角も尻尾もない純粋な人間の姿もあった。悪魔と人間が一緒に暮らしている。それはおよそ信じられない光景でもある。

そしてふと、無人の村のことを思い出した。

「あの、一つお伺いしても良いですか？」

「何でしょう？」

「この街の周囲にいくつか村があります。その村の住人がこぞって行方《ゆくえ》不明になっていました」

と、途中まで話したところで、ラザエルが険しい表情を見せる。何か知っていることはないか、と質問する前に、ラザエルが口を開く。

「おそらく眷属……あの悪魔たちの仕業でしょう」

「心当たりがあるんですか？」

「ええ。私も何度か交戦しています。数は多くありませんが、魔物も使役しているようです」

「じゃあ村の人たちは……」

ラザエルは答え辛《づら》そうに口を噤《つぐ》み、小さくゆっくり頷《うなず》いた。

村の状態が綺麗だったのは、彼らが使う催眠系の魔法の影響だという。催眠系の魔法で村人たちを誘導して、どこかへ連れ去った。おそらくは魔物の餌にするために。

「そんな……場所はわからないんですか？」

「残念ながら特定できておりません。それに始まったのは、少なくとも一週間ほど前からになります。場所を特定しても、村人たちはもう……」

お腹《なか》を空《す》かせた魔物の餌になってしまっただろう。最後まで言わなくても、彼が伝えたいことは明白だった。

しかし悪い話ばかりではなかった。

「ここから一番近い村の方々は、襲撃される前に避難が出来ました。ここにいる中にも、村から避難してきた方はいます。例えば――」

ラザエルが話しながら右へ左へ視線を向ける。そうして一人の女性を見つけ声をかけた。女性はこくりと頷いて、俺たちの所へ歩み寄ってくる。

ラザエルは女性に話しかける。

「身体の調子はどうですか？」

「もうすっかり良くなりました！　ラザエル様のお陰です」

「そうですか。元気になってよかったですよ」

二人はほのぼのとした会話を交わし、ラザエルが彼女のことを説明する。

「この方も避難民の一人です」

「ニーナです！　皆さんは、ラザエル様のお知り合いの方……でしょうか？」

「いえ、先ほど知り合ったばかりの旅の方々ですよ」

「そうだったんですね」

ニーナと名乗った女性はラザエルに心を許しているように見える。洗脳や脅しを受けている様子はなく、純粋に慕っているようだ。

念のために確かめようと、彼女に挨拶をする。

「俺はユーストスと言います。ニーナさんは、この近くの村に住んでいたんですよね？」

「はい！　私だけじゃなくて、ここにいる人の半数はそうですよ。周りの村から人が消える話を聞いて怖がっていたら、ラザエル様が助けてくださったんです」

「残念ながら間に合ったのはあの村だけでしたが……不甲斐《ふがい》ないばかりです」

申し訳なさそうに顔を伏せるラザエル。そんな彼にニーナは声を大にして言う。

「そんなことおっしゃらないでください！　みんなラザエル様に感謝しています！　私だって重い病気だったのに、ラザエル様が治してくださったから……こうして立っていますす」

「ニーナさん……ありがとうございます」

彼女の必死な声に、ラザエルは優しく微笑む。ここまでハッキリと見せつけられては、さすがに認めるしかないだろう。彼女の声や思いは偽りなく本心で、悪魔であるラザエルに向けられていた。

街に暮らす他の人たちの様子を見ても、穏やかで平和に暮らしている。悪魔とも会話をしているし、虐げられている様子もない。

それでも尚《なお》、胸の奥につっかえるような違和感が残る。


それから俺たちは、ラザエルの案内で街の研究施設を訪れることになった。話を聞くと、魔道具関連の研究施設だそうだ。

魔道具とは、魔法の力が込められた特別な道具のことで、それを作ることが出来る者は魔道具師と呼ばれている。かのソロモンもその一人。魔道具作成の基礎を作り上げたのも、何を隠そう彼なのだ。

「信じられないかもしれませんが、この街の街灯や水道、生活設備なんかは魔道具で賄っているんですよ？」

「え、そうなんですか？」

「はい。この施設も元は生活に役立つ魔道具を開発していました。最近は呪いの王の影響もあって、迎撃に必要な設備やら、新魔法やらの開発ばかりですが」

寂しそうな表情を浮かべるラザエルに案内され、街の入り口から見て一番奥にある真っ白な建物に到着した。周囲の建物と明らかに違う見た目をしていて、とにかく派手だ。

「どうぞ中へ」

魔法による厳重な鍵《かぎ》を解除して、重たい鉄の扉がギギギと音をたてながら開く。

開く扉を見つめながら、俺はごくりと息をのむ。まるでダンジョンの最深部にたどり着いたような緊張感が漂う。

そして中へ入ると――

「何これ！　見たことない道具がたくさんあるよ！」

「こ、これが研究室」

「これほどの設備は王城にもありませんよ」

アリア、ティア、グリアナが順に驚きを言葉に出した。映像を映し出している板、複数の魔法陣が光り輝く金属の作業台、浮遊し放電を繰り返す紫色の球体。どれもこれも、現代では初めてお目にかかる物ばかりだ。

魔法にそれほど詳しいわけでもないアリアたちが興奮を隠せない。それに対して俺とマナ、ソロモンの記憶を持つ俺たちの感想は、いたってシンプルだった。

「――凄《すご》い」

ただそう思った。ソロモンの記憶にもある設備から、記憶にない新しい物までずらっと並んでいる。開発中らしき新魔法の術式が、映像に映し出されていた。おそらく幻惑系の魔法だろうけど、未完成らしい。

たぶん俺とマナには、この場所の凄さがちゃんと理解できている。だからこそ、口に出る言葉はシンプルにまとまった。純粋に驚き、感動した。

俺の中にあるソロモンの力も、心なしか歓喜しているように感じる。

「よろしければご自由に見学なさってください。奥に書庫もありますので、そちらも見て頂いて構いません。それと、今日はこれからどうされますか？　良ければお部屋を用意しますが」

「いいんですか？」

「ええ、もちろん。旅の疲れもあるでしょうし、これからまだ旅を続けるのなら、しっかりとした休息も必要です」

ラザエルの言うことは尤《もっと》もだった。獣人の村を出てからずっと歩き通しで、無人の村を見てからは特にちゃんと休む時間がなかった。

「じゃあ、お言葉に甘えさせて頂きます」

俺がそう言うと、ラザエルはニコリと優しく微笑《ほほえ》んだ。何度見ても悪魔らしくない穏やかな笑顔だ。その笑みに向けて、俺は気になったことを尋ねる。

「あの、ここの設備も全《すべ》て魔道具が元になっているんですか？」

「ええ、そうですよ。魔力を動力にしています」

「ここまでの規模を動かそうと思ったら、相当大きな魔法石が必要になると思うんですが」

この規模の魔道具施設を維持するためには、建物を突き抜けるくらい大きな魔法石——魔道具の核の役割を果たす特別な鉱石が必要になると思うのだが……。道中でそれらしきものは片鱗《へんりん》さえ見当たらなかった。

「そこは秘密なんですが、我々は魔法石に頼らずにこの設備を維持できるのですよ」

「へぇ、それはまた凄いですね」

「はい。まさに快挙、これが世界中に広まればきっと世界は変わるでしょうね」

結局、俺の質問への答えは秘密のまま、ラザエルは部屋の準備をすると言って施設を出ていった。残された俺たちは、彼が言っていた書庫に足を運んだ。

中は書庫というだけあって、ずらっと背の高い本棚が並んでいた。置いてある本は全て魔法に関するものばかり。それもかなり古い書物が多い。

研究室を出る前にラザエルが教えてくれたが、この書庫には千年以上前の本が保管されているそうだ。原本ではなく、書き写したものがほとんどだというが、それでも十分に凄い。

試しに手に取った本を開くと、使われている文字が現代と違ってほとんど読めなかった。しかし英雄たちの記憶を見ているから、辛うじて読める部分もある。魔道具技術について書かれた本らしく、一緒に人型の図形が書いてある。

他のみんなも好きに本棚へ手を伸ばし、椅子に座って適当に本を開いて読んでいた。厳密には読むというより眺めるというほうが正しいだろう。

本を開いたアリアは、難しそうに眉《まゆ》をひそめている。ティアもパラパラとページをめくり読んでいるように見えるが、絵のごとく見ているだけだろう。グリアナさんは数冊手に取っては戻してを繰り返している。

その中でマナだけは、最初に手に取った本をじっくり眺めていた。気になった俺は、彼女が真剣に読んでいた本を横から覗《のぞ》き込む。

「何の本だった？」

「ん、お兄さんも見る？」

そう言ってマナは本をこちら側に傾け、俺にも見やすいようにしてくれた。他の本と同じように、昔の文字で長々と綴《つづ》られた文。それでも自然に内容は理解できる。一緒に描かれた図形も、どこか見覚えがあるように感じた。

「ああ、そうか。ソロモンの記憶に」

「うん、同じものだと思う」

この本は写しだが、原本を書いた人物はソロモンだ。俺とマナは彼の記憶を持っているから、読みながら自然に意味を補完できる。

「ここには……ソロモンが残した本もあるのか」

「うん」

そう思うと急に気分が高まる。かつて世界を救った英雄たちのことは、長い時間をかけて忘れられてしまった。現代ではそのほとんどが知られてない。

ソロモンという名も、現代の魔法技術の親と呼べる存在なのに、俺を含む誰《だれ》も知らなかった。偉大な英雄たちのことを、みんな忘れてしまった。

それが悲しくて、寂しいと思っていたからこそ、こうして形として残っていることが嬉《うれ》しいと思える。この本にソロモンの名前は載っていない。彼の性格を知っているから、後世に名を残したいとか、後に続く人たちの助けになってほしいとか、そういう思いがあって本を書いたわけじゃないとわかる。

それでもやっぱり、残っていてくれて嬉しい。


しばらく書庫で過ごしていると、駆け足でラザエルが戻って来た。

「お待たせしました。お部屋の準備が出来ましたよ」

彼の呼び掛けに、アリアとティア、グリアナが気付いて立ち上がる。俺は本に集中していたから、反応が一拍遅れてしまった。マナは俺より集中していて、変わらず開いた本を読み続けている。

「マナ」

「え、あ……」

マナの肩を軽く叩《たた》き、彼女の名前を呼んでようやく気付く。顔をあげて俺の顔を見てから、ラザエルのことにも気付いたようだ。

「準備が出来たそうだから、一旦《いったん》そこまでにしようか」

「……わかった」

あからさまに残念そうにショボンとするマナ。同じ魔法使いとして、ソロモンが残した物に強い興味を示して、俺以上に夢中になっていた。一度や二度見ただけでは足りない。何度でも見返したい、読み返したいという気持ちはわからなくもない。本当はもっと読んでいたいと、声には出さなくても顔に書いてあるようだ。

そんな彼女に気付いてか、ラザエルが優しく提案する。

「気になる本がありましたら、持ち出しても構いませんよ？」

「え？」

「本当ですか？」

「はい。この街の中でしたらご自由にどうぞ。もちろん後で、ちゃんと返却はしてもらわないと困りますが」

ニコリと微笑むラザエル。俺がマナのほうへ視線を向けると、新しいおもちゃを見つけた子供のように目を輝かせていた。まだ読める、今度は顔にそう書いてある。

「良かったな、マナ」

「うん！　ありがとうございます」

マナは精一杯のお礼を口にして、深々と頭を下げた。ラザエルは気にしないでと言いながら手を横に振っている。マナは読んでいた一冊とは別に二冊本棚から手に取り、宝物でも持つみたいに大事に抱えた。

その後、ラザエルに案内されたのは研究所近くにある一軒家だった。他と同じく金属と石で出来た建物で二階建て。シャワーやキッチンも用意されている。

「こんな良い家、使っても良いんですか？」

「ええ。ちょうど空き家になっていたので使ってください。夕食もあまり豪勢なものは出せませんが、用意させて頂きます」

「……ありがとうございます」

正直、ここまで親切にされるとは思っていなかった。出会い方こそ殺意むき出しだったが、それからは終始丁寧で親切に接してくれる。

後に用意してくれた食事も美味《おい》しかったし、念のため確認したが毒や眠り薬といった物は含まれていなかった。

部屋も一人一部屋あって、それぞれにフカフカのベッドまで用意されている。食事を終え、久しぶりのシャワーも済ませた後は、各部屋に別れて休むことに。

ここまでの疲れもあって、みんなすぐに眠ってしまったようだ。だけど俺は、ずっと胸の奥にある違和感が気になって、眠れずにいた。眠気はあるけど、安眠するには至っていない。ベッドで寝転がりながら、天井を何となく見つめている。

「……何なんだろう。この不安は……」

不安と表現していいものかも曖昧《あいまい》だ。しかし確かに感じている。その正体を考えれば考えるほど目が冴《さ》えていく一方だ。

するとそこへ、トントントンと扉をノックする音が聞こえる。

「お兄さん、ボク」

「マナか？　どうぞ」

ノックの主はマナだった。扉を開けて部屋に入ってきた彼女は、借りてきた本を大事そうに抱きかかえている。

「どうしたんだ？」

「えっと……」

彼女は本を抱きかかえたまま、言葉を詰まらせ、視線を左右に逸《そ》らす。モジモジしながら、何かを伝えたそうにしていた。そんな彼女の様子を見て、何を求めているのか察しがついた俺は、思わず微笑んでしまう。

恥ずかしそうな彼女は、俺が笑ったのを見てキョトンと首を傾ける。

「一緒に読むか？」

「――うん！」

パァーと光が差し込んだような笑顔でマナは頷《うなず》いた。自分で言えそうだったし、もう少し待っても良かったけど、嬉しそうな笑顔が見られたから良しとする。

彼女だって疲れていると思うし、本当はしっかり休むべきだ。けれど、この街に滞在できる期間は限られていて、この本を読めるのも最後かもしれない。そう思うと注意できないし、何より俺も興味があった。

「隣、座っても？」

「ああ、どうぞ」

「うん。おじゃまします」

マナは俺の隣にちょこんと座り、大事に持っていた本を自分の膝《ひざ》の上に置いた。借りてきた本を三冊とも持ってきていたようで、二冊はベッドの端に除《ど》ける。残った一冊は、書庫で途中まで読んでいた本だった。

「この本まだ途中だったか」

「うん」

「他の二冊は？」

「あっちも気になるけど、これが一番」

一番という理由は、これがソロモンの残した本だからなのだろう。他の二冊は違うけど、余裕があったら読みたくて借りていたそうだ。

他にも探せば、ソロモンが残した本はあるかもしれない。ただ彼女は、最初に手に取った一冊がソロモンの本だったことに、運命的な何かを感じているようだ。かくいう俺も、そんな彼女がちょっぴり羨《うらや》ましかったりする。

俺のほうが先にソロモンの記憶を知っている。ソロモンだけじゃない、彼と共に旅をした英雄たちの記憶も。彼らが見ていたソロモンという男のことも知っている。

記憶で弟子に張り合おうとするなんて、俺くらいのものだろう。そう思うとおかしくて、不意に笑ってしまった。

「お兄さん？」

「何でもないよ。そう言えば久しぶりだね？　マナと二人きりっていうのは」

「ぁ、そう……かも」

思い返すと二人だけになったのは、ソロモンの記憶を伝承した時以来かもしれない。あれから旅の最中はみんなが一緒だったし、ゆっくり話をする時間も減っていた。だからこうして一緒に夜を過ごすなんて考えもしていなくて……。

意識したら、少しずつ恥ずかしくなってきてしまった。マナも同じみたいで、二人きりと俺が言ってから、妙にソワソワしている気がする。

明かりは本を照らせるほどしかなくて、彼女の顔の色まではわからない。けれどもたぶん、白い頬《ほお》がほんのり赤らんでいるだろう。

「どこまで読んだっけ？」

「え、えっと……ここまで」

「じゃあ続きからだな」

照れているマナも可愛《かわい》くて、もう少し見ていたい気持ちもあったけど、夜の時間は限られている。

マナも本を読みに来たわけだから、ちゃんとそっちに集中できるように、意識的に本へ誘導した。

ソロモンの残した本、開いている章に書かれている内容は魔道具の核である魔法石について。魔法石は、大気や光から魔力を生成し保管する力を持った石のことだ。

魔法石は自然の中にある鉱物の一つだが、その生成される過程は特殊だ。

魔力を持った生き物の死体が長い年月をかけて朽ち、鉄や銅といった鉱石と混ざり合うことで生成される。大きさや純度は、混ざり合った鉱物の大きさや養分となった生物の種類によってバラバラで、大きいものほど蓄えられる魔力は多い。

現代でも魔道具は使われているが、持続的に効果を発揮する魔道具は全《すべ》て魔法石を核として用いる。結界なんかは良い例だろう。

ただ……。

「魔法石の数には限りがあり、使い続ければ消滅してしまう。今後、使う者が増え続けていった場合、その数は確実に不足するだろう」

本に書かれている内容の一部を、わかりやすく噛《か》み砕いて口にした。ソロモンは魔道具主体の生活を想定した時、いずれ必ず魔法石が足りなくなることを予見していた。

現に魔道具は王都でも使われているけど、ごく一部の限られた場所でしか使われていない。それくらい希少なもので、生活の中でありふれた道具にはなれていない。その要因の一つには、ここに書かれている魔法石不足も含まれているはずだ。

ただソロモンにとって、魔法石不足そのものは問題ではなかった。魔法石不足を問題視していたのはあくまでも当時の人々で、ソロモン本人は困ってなどいなかったからだ。

ソロモンにあったのは、未知への好奇心。これまで当たり前のように使っていた魔法石、その代わりとなる物を作ってみたい。作れるのか試してみたい。そういった欲こそが、ソロモンを突《つ》き動かしていた。

「だからソロモンは、魔法石以外の動力源を考えていたんだよね」

「うん」

俺もマナも彼の記憶を持っているから、本を読む以前から知っていた。魔法石に頼らず、魔道具の動力源になる物を作り出す。もしくは、魔法石と同じく、光や大気を魔力に変える術式を開発しようとしたわけだ。

本には方法と実験の経過がずらっと記されていた。結論から言うと、変換の術式自体は完成させていた。しかし変換効率が悪すぎて、とてもじゃないが、実用的ではなかったようだ。

そして他の方法や、効率化を考えている時に、彼は天からの啓示を受けた。

「結局、旅の道中は忙しすぎて、研究なんてしてる場合じゃなかったんだよな」

「うん。でも……やっぱり凄《すご》い」

「だな。普通は考えられないことをあっさりやり遂げる。本当の本当に、ソロモンは偉大な魔法使いだよ」

もちろん、それだけじゃないと知っている。継承や伝承で受け継ぐのは単なる記憶ではなく、彼らが内に秘めた思いも含んでいるから。

ソロモンに限った話ではない。彼と共に旅をした英雄たちも、それぞれに思いを秘めていた。天の啓示によって導かれ、共に旅をしながら色々な地を巡り、様々なことを知った。

俺も今、彼らと同じように旅をして、初めての体験や光景に胸を躍らせている。時には後悔することもある。旅は楽しいことだけじゃないから、辛いことだってたくさんある。

それでも、マナと……みんなと一緒なら寂しさは感じない。かの英雄たちだって、旅の道中で一度たりとも、寂しいなんて思わなかったんだから。

「……ボクも、いつか本を残したいな」

「いいな、それ。俺も書いてみようかな？」

「だったら一緒に、書く？」

「そうだな」

旅はいつか終わる。人の一生だっていつか必ず終わる時が来るだろう。終わってもなお、残る物があれば……何千年も先の未来で、誰かが見てくれるのなら。この本のように、生きた証《あかし》を残せるのなら、とても幸せなことだ。

幕間　【賢者】ソロモン

彼は生まれながらに特別な存在だった。人間でありながら、悪魔に匹敵する量の魔力を有していた。

そんな彼が初めて魔法を使ったのは三歳の時だった。彼自身、魔法を使うつもりなどなかった。全ては偶然に、奇跡的に発動しただけだ。

三歳で魔法が使えた者など、歴史上ただの一人もいない。故に、そんな彼を周囲の人々は神童と呼び称《たた》えた。しかし、彼にはどうでも良いことだった。

魔法使いになった彼は、魔法という力が秘めた可能性に関心を持ち、それ以外には一切の興味を示さなくなった。何が出来て、何が出来ないのかを確かめる。そのための方法は合理的でシンプルに、周りの被害や失敗した時のことは二の次。

山が吹き飛ぼうが、湖が涸《か》れ果てようが気にしない。迷惑をかけている自覚すらなく、彼は魔法の研究に取り組んだ。そんな日々を送るうち、彼は神童ではなく、破壊者と呼ばれるようになっていた。

しかし当然、その程度で彼が止まることはなかった。生まれ故郷を追い出され、辺境に身を置いてからも研究を続け、厄介者扱いされることを理解してからは、他人との交流も減っていった。

孤独に一人、魔法と向き合うだけの日々。そんな中で、天の啓示を聞いた。世界の危機と、それを打開するために自分が選ばれた事実を知った。

そうして彼は、五人の英雄たちと出会う。最果てを目指す旅路で、他人を遠ざけていた彼は多くの人々と関わることになる。

彼の魔法は敵を蹴散《けち》らし、困っている人々を救った。意図せずして、彼の力を目の当たりにした人々は、彼を【賢者】と呼ぶようになった。

かの大魔法使いの名はソロモン。後の世に残る魔法技術の基礎を作り上げた……人類史上最も偉大な魔法使いである。

◇◇◇

魔法の才能があったから。僕が魔法使いになった始まりの理由なんてその程度のものだった。試しにやってみたら出来て、周りも勧めるからそうなっただけだ。きっかけなんて大抵はそんなもので、僕も例外じゃなかった。

ただ、魔法について知る度にわからないことが増えていく。新しい可能性がどんどん発見できる。次から次へと難しくなって、やることが二倍に、三倍に増えていく。それが面白くて、気付けば魔法の虜《とりこ》になっていた。

魔法には無限の可能性がある。突き詰めれば、何だって出来てしまうかもしれない。どこまでやれるのか知りたくて、数々の実験を繰り返していた。

その日も国王陛下からお呼びがかかった。しぶしぶ出仕した僕は膝《ひざ》をつき、国王陛下の御前で頭を下げる。

「何の御用でしょうか？　陛下」

「ソロモンよ……裏山を吹き飛ばしたのはそなただな」

「はい」

躊躇《ちゅうちょ》することなく即答した。陛下はピクリと眉《まゆ》を動かしつつも冷静に、感情を抑えて問いかける。

「何をしていたのだ？」

「新しい魔法の実験をしていました」

「では失敗したのだな」

「はい。ですが必要な情報は得ることが出来ました。これで次の段階に進めます」

淡々と国王の質問に返答していく。僕の表情や声に、反省の色が一切感じられないからか、苛立《いらだ》ちを隠せない様子の陛下は、声を震わせながら注意する。

「ソロモンよ、そなたは優秀な魔法使いだ。そなたが生み出した技術のお陰で、わが国の暮らしも進化している。しかしだからと言って、何でもしていいわけではない」

「理解しております」

「理解……理解だと？　その言葉を聞くのは何度目だ？　裏山を消し飛ばしたのも、これが初めてではないだろう？」

「はい。三度目だったと記憶しております」

この態度が起爆剤になり、陛下の怒りは膨れ上がる。

「失敗するような実験はするなと何度も言っているだろう！　十日前は湖を涸れさせ、その前日には国中の者たちを眠らせた！　そなたが先ほど吹き飛ばした山を最後に、裏山は綺麗《きれい》になくなってしまったぞ！」

「お言葉ですが陛下、絶対に失敗しない実験などありません」

「だとしてもだ！　周囲への影響を考えずに実行するな！　ここはわが国！　わが民たちの安全を、そなたが乱してどうするのだ！」

陛下は声を大にして、呼吸を荒らげながら怒りを露《あらわ》にした。部屋中に陛下の怒声が響き、警備のために待機している兵士たちは怯《おび》えている。


「もう良い……いい加減に限界だ」

「話は以上でしょうか？　では僕は研究室に戻ります」

「ああ、終わりだ。そして金輪際なくなるだろう」

立ち去ろうとした僕は陛下に背を向けていたが、その言葉を耳にして振り返る。そうして陛下は僕に告げた。

「ソロモンよ、そなたを王宮から追放する」

「必要な物は持ったな？　ここを出れば二度と王宮へは戻って来られない」

「わかっています。何度も言われなくても」

僕は兵士に連れられ王宮の出入り口まで歩いた。陛下に出て行けと言われたら仕方がない。そうは思っていても……。

「成功には失敗が不可欠だというのに。陛下は相変わらず頭がお固い」

「お前なぁ……そんな態度だから追い出されたんだぞ？　いくら悪気がなくたって、少し反省する様子も見せろ」

「反省ならしていますよ。次の実験に向けて」

「そうじゃなくて……はぁ、もう良い。とにかく出て行ってくれ」

王宮を追い出された僕は、王国の領土の最北端にある辺境の小さな村へ移住した。まさか追い出されるとは思わなかったし、王宮の整った設備を失ったのは痛手だ。だけどここなら、王宮のように一々呼び出されたり、注意されることもないだろう。

と、最初はそう考えていたけど、同じように実験を繰り返しているうちに、村の人たちから悪魔だとか破壊者と呼ばれるようになって、気付けばまた追い出されていた。

それから各地を転々としながら魔法の研究を続けて、最終的には人も動物もほとんどいない山奥に身を潜めることになった。不便ではあるけど、そこまで気にはならない。他人との交流も、余計な心配事もなくて良い。

ただ、魔法の可能性を突き詰められればそれで構わない。全《すべ》てを知り、手に入れさえすれば、きっと僕は……。


そんなことを考えていた時だった。天からの啓示を受けたのは。

僕は啓示に従い、同じく啓示を受けた者たちの元に向かった。世界の危機とかはどうでも良かったし、むしろ探究を邪魔されたのは腹立たしかったけど、呪《のろ》いのことや魔王の存在とか、興味をそそるものが多かったから。

世界を救うための旅ではあったけど、僕の目的はずっと変わらない。飽きたら途中でやめるのも一つの選択肢だと、本気で考えていた。

だけど……。

「魔法というのは便利な力だな」

「当然だよ。魔法を極めれば何だって出来るんだ」

「なるほど、何でも……か。ならば一つ頼まれてくれるか？」

「何？」

始まりは、規格外に強い剣士ユリアスとの何気ない会話からだった。

「この聖剣を千本に複製したりできないだろうか？」

「え？」

何でも出来ると自分で言っておきながら、それは無理なんじゃないかと思った。聖剣を複製、しかも千本になんて普通は誰《だれ》も考えないだろう。

そのお願いをきっかけに、彼女や他の仲間たちから頼みごとをされることが増えた。どれもこれも無理難題ばかりで、毎日のように頭を悩ませていた。

それだけじゃなくて、呪いの力が予想以上に強く、世界中に広まってしまったため、その対処にも追われた。一つ終われば二つ増える。やってもやってもキリがない。とにかく忙しくて、慌ただしい旅だった。

いつの間にか僕は、そんな日々を楽しいと思うようになっていた。自分一人では出来ないこともたくさんあって、仲間と協力することも増えた。一人で考えているだけでは気付けなかったことに、仲間の何気ない一言がきっかけで気付けたりもする。

各々がそれぞれの分野の頂点で、自分とは違う道を極めている者たちだったこともあって、新しい解釈や視点を得ることも出来た。自分の魔法への期待をハッキリと語ったのは、彼らが初めてだったかもしれない。

そうしていくうちにようやく気付いた。なぜ、自分がこの日々を楽しいと思うようになっていたのか。それは、魔法の研究に似ているからだ。出来ることが増えていく感覚が。新たな可能性が見つかる喜びが。

それらは魔法の研究でしか得られないものだと思っていた。だが、この騒がしい旅を通して、仲間たちとの協力を通じて、それと同じ高揚感に、僕は何回も出会っていたんだ。

彼らと一緒に旅をして、生まれて初めて魔法以外のことを楽しいと思えた。他人との交流も、それほど悪くないものだと知れた。そしたら次第に、胸の奥が温かくなって、満たされていったんだ。

僕には魔法の才能があって、一人で生きていくだけの力があったけど、だから一人でも平気だったわけじゃない。ずっと、胸の奥のほうに満たされないものがあって、大きな穴が空いている気分だった。魔法を極めていけば、いずれこの満たされないものもなくなってくれると思っていた。

だけど、それだけじゃ足りなかったんだ。僕はずっと孤独で、寂しかったんだ。


ある晩、ローウェンが話しかけてきた。

「僕の出した依頼――魔力を回復する魔法、というのは実現できそうかい？」

「……実現できるなんて思ってないくせに」

「そんなことないさ。たった三歳で魔法に目覚めた神童だ。自分の常識の物差しじゃ測れないだろう？」

「実際のところみんなが僕をどう評価してくれてるのか知らないけどさ、みんなして僕に無理難題を吹っかけすぎなんだよ」

魔法の研究は楽しい、難しいことに挑戦するのも嫌いじゃないけど限度というものがある。

思わず恨み節をこぼしてしまうと、それを聞いたローウェンは苦笑いを浮かべた。

「……実は、ね。私の発案なんだ」

「……え？」

「君に無茶な依頼を出すのが、だよ。昔、ユリアスがそれは深刻そうな顔で相談に来たことがあってね。このままだと、ソロモンがどこかに行ってしまいそうで怖いから、何とかして注意を引けないか、って言うんだ」

ローウェンはクスクスと思い出し笑いをしながら話を続ける。

「だから、無理難題を吹っかけるのはどうか、って提案したんだ。プライドの高い君のことだから食いついてくれるかなと思ってさ」

「……プライドが高くて悪かったね」

「ごめん、気を悪くしないでくれ。ただ、君は世界を救おうっていう責任感はそれほど強くない。違うかい？」

僕は無言で首肯する。

「だからこそユリアスは、君がいなくなるんじゃないかって不安に思ったんだよ」

「責任、なんて言われたって、わからないよ」

すると、ローウェンは夜空を見上げながら言った。

「別に良いんじゃないかな？　それくらいはさ」

「ローウェン？」

「神童、破壊者、賢者……どう呼ばれようとも、君はまだ子供なんだ。本来なら、力のあるなしに関係なく、子供は子供らしくあるべきだと、私は思うけどね」

「子供らしく……」

ローウェンはそう言ってくれるけど、今さらな気もするんだ。僕には子供らしさというものがわからない。どうすればいいのか、考えても思い浮かばない。

「わからないなら、楽しいことを思い浮かべれば良い。君の場合は魔法の実験かな？」

「それも……ある。魔法は楽しい。いろんなことが出来るから興味が尽きない。けど今は……みんなとするこの旅も、楽しいと思うようになった」

そんなことを口にするのを、少し気恥ずかしく感じた。恥ずかしいという感情も、旅を通して知ったものの一つだ。

「そうか。君を引き留めるために僕が弄《ろう》した策は、無用だったみたいだね」

ローウェンは、そう言うと微笑《ほほえ》みながら、僕に小さな石がついたネックレスを手渡してきた。

「魔法石のネックレスだ。お詫《わ》びの品だよ。最初は魔法の杖《つえ》でも作ろうかと思ったんだけど、特に杖は使わないみたいだから、ちょっとしたお守りだね」

ローウェンは真剣な眼差《まなざ》しになって、告げた。

「この旅を一生の宝と呼べるくらい、最高の旅にしよう。将来、みんなが羨《うらや》ましがって、君の話を聞きに来るくらいに」

「うん」

そう出来たら良い。いや、みんなと一緒ならそう出来る気がしている。魔法の可能性が無限にあるように、人と人との関わりにも限りはない。

僕は魔法使いであると同時に、一人の人間なんだと。そんな当たり前のことを、旅を通して教えてもらった。

This adventurer is the strongest in the human history

【賢者】ソロモン

継承遺物 Relics

・魔法石の欠片・
魔法石でできたネックレスの一部。
気恥ずかしくて身に付けて使うことはなかったが、彼の大切な宝物だった。

人物像 Profile

最年少の六英雄だが、人類史に遺した功績は彼が最も大きいことは疑いようがない。現代の魔法技術の基礎を作り上げた、史上最も偉大な魔法使いである。桁違いの魔力を持って生まれ、三歳で初めて魔法を使ったときは、神童と呼ばれた。しかし、周りの被害や迷惑は二の次で魔法の研究に取り組み、破壊者と呼ばれるようになった。そんな彼も厄災討伐の道中で【賢者】と呼ばれるようになるが、旅の中でどういった心境の変化があったのかは、彼以外に知る者はいない。

主要能力 Main Skill

・『転身鏡』・
自身の身体状況を鏡で見るかの如く正確に把握できる。ソロモンはこのスキルを応用、肉体の細部まで把握することで、常人では不可能なほど緻密な魔力コントロールを可能にした。

・『飛翔』・
六英雄の長きにわたる旅路を支えた移動スキル。魔力を消費することで空を飛べるようになる。この現象を魔法で再現すべくソロモンによって編み出されたのが、後の浮遊魔法である。

CHARACTER

第二章　最高最強の魔法使い

英雄たちの旅路、その終点の一歩手前に立ちはだかったのは、悪魔たちを従える存在。圧倒的な魔力と魔法センスを併せ持つ怪物。呪いの王と同じ、王の名を冠する大悪魔。

「魔王アルマトラ」

ユリアスがその名を口にした。彼女の後ろには五人の仲間たちがいる。そして眼前、魔王の後ろには配下の悪魔と魔物の大軍勢。その先に呪いの王がいて、彼らは行く手を阻むために立ちはだかっていた。

クランは槍《やり》をくるりと回し、改めて大軍勢と魔王を交互に確認する。

「さて、どうするかな？　魔王を相手にしながらこの数は……」

「そうだね。分担は必要かな？」

ローウェンがそう言うと、一人が五人の前に出る。

「なら魔王は僕が相手をするよ」

「ソロモン？　いけるのかい？」

「うん。だからみんなには周りの敵をお願い出来る？」

ソロモンのいつになく真剣な表情を見たローウェンたちは、魔王を彼に任せることに同意した。

魔王と一対一で戦う。一見無謀にも見える選択だが、誰一人ソロモンが負けるとは思っていなかった。

「よいのか？　人間の魔法使い」

「何のこと？」

「惚《とぼ》けるな。我と一人で戦いになると思っているのか？　お前は死ぬぞ」

「それはどうかな？　僕は負けるなんて思わないけど」

魔王を挑発するソロモン。本人に挑発のつもりはなく、心から思っていることを口にしただけ。

ソロモンは本気で、魔王に一人で勝てる自信があった。

「後悔するぞ」

「そんなものしたことないな。ああ、一応聞いておこうかな？　魔王、お前にとって魔法とは何なんだ？」

「無論、絶対的な力だ！　呪《のろ》いの力と合わされば、何だって支配できる！」

「……そうか。やっぱりそう答えるんだね……うん、思った通り、お前はつまらないよ」

その言葉が開戦の合図になった。悪魔たちの王と、魔法に愛された人間。二人の死闘は熾烈《しれつ》を極め、そして――

◇◇◇

「う、うう……」

重い瞼《まぶた》を開けると見知らぬ天井に真っ暗な部屋。小さな明かりだけが仄《ほの》かについている。

「今のは継承の記憶……いや夢か」

ベッドの端に座り読書をしていて、そのまま倒れるように眠ってしまったらしい。隣には大事そうに本を抱えたまま眠るマナの姿もあった。どこまで読んで寝てしまったのか記憶は曖昧《あいまい》だが、目覚める前に見ていた夢は鮮明に覚えている。

魔王とソロモンの戦い。呪いの王との戦いを控えたいわゆる前座だが、あれは前座と呼ぶには壮大すぎる。天地を揺るがす魔法の応酬は、まるで魔王同士の戦いを見ているようだった。最終的には紙一重で、人間であるソロモンが勝利したことも印象的だ。

懐かしいと表現して良いのか微妙なところだが……。

「どうして今、この夢を見るんだ？」

ソロモンの残した本を読んでいたからだろうか。それにしてはなぜ魔王と戦う場面だったのだろう。本には魔王のことは書かれていないし、そもそもこの本は旅に出る前に書いたものだ。

いや、そもそも夢は夢でしかない。そこに意味があるほうが不自然だけど、継承という力を経験している所為《せい》か、眠っている間に見る記憶には意味をあてはめたくなる。

「夢……ソロモンと、魔王……」

もしも、ただの夢ではないのだとしたら。俺の中にいる英雄たちの記憶が、俺に何かを伝えているのだとしたら。

ここで起こったこと、感じたことを思い返す。胸の奥にあって消えない違和感の正体が、俺の考えている通りの理由なら、あるいは……。

「確かめてみるしかないか」

俺はまず、隣で眠っているマナの身体《からだ》をゆすり、起きるよう促した。

「マナ、マナ起きて」

「う……お兄さん？」

「いきなり悪いけど、他のみんなを起こして来てほしい」

「みんなを？」

俺はこくりと頷《うなず》く。マナは寝ぼけている様子だったが、俺の話を聞きながら身体を動かし、他の部屋にいる仲間たちを起こしに行ってくれた。その間に俺は考えをまとめておく。

全員が起きて、俺の部屋に集まってから、ずっと感じていた違和感と推測を説明した。最後まで話を聞いて、グリアナさんが俺に尋ねる。

「ユーストス殿、今の話は本当なのか？」

「まだ推測でしかないです。ただ、この街は不明な点が多すぎる。周辺の村々のことも含めて、可能性としてはあり得ます」

「もし本当だとしたら……ただでは済まないがな」

「ええ。逆に気のせいだったら素直に謝るしかないですね」

個人的には気のせいであってくれたほうが嬉《うれ》しいのだが、どうにも皆に話してから不安が余計に強くなった。この胸騒ぎを抑えるためには、真実を確かめるしかない。

話をまとめた俺たちは、借りている家をこっそりと抜け出し、研究所の近くまで忍び寄った。地下だが街灯のお陰で昼夜問わず明るい。研究所の周囲は特に明るく、悪魔二人で入り口を警備している。ぐるっと見て回ったが、他の入り口はないようだ。

物陰に隠れながら侵入方法を考えていると、マナが提案する。

「不可視化の魔法は？」

「不可視化って？」

「姿を消す魔法だよ」

「そんなことも出来るんだ！」

疑問を抱いたアリアに俺が教えると、アリアはちょっぴり興奮気味にそう言った。不可視化の魔法インビジブルは、姿と音を消すことが出来る。ただし気配を完全に消すことは出来ないし、魔力感知にも引っかかる。仮に姿を消して接近しても、固く閉ざされた扉を開ける時に見つかるだろう。侵入できても、研究所の中には魔力を感知する装置がいくつも配置されていた。だから――

「姿を消したところで確実に見つかるんだ」

「そっか……」

「マナ、そうガッカリしないで。奇襲をかけるなら悪くない。でも今は、証拠を見つけるのが先だ」

研究所が最も怪しいのは確かだけど、あの場所に全《すべ》てが詰まっているとも思えない。研究所の動力は魔力だ。ならば、魔力の流れを追えば何かわかるかもしれない。

俺は右手を地面に当て、目を閉じて魔法を唱える。

「マナチェイス」

魔力の流れを追跡する魔法を発動した。研究所から離れた地面に魔力が流れているようだ。

魔力が発生している大元はどこかを探ろう。この街のどこか……ではないらしい。地上でもない。

流れを追っていくと、もっと深くから強い魔力を感じる。

「まさかもっと下か？」

「何かわかったの？　お兄さん」

「ああ、ここよりもっと地下深くから魔力の流れを感じる」

「地下？」

最初にマナが、続けて他の三人が同時に視線を真下に向ける。ここはすでに地下だが、さらに深い場所に何かがあるらしい。マナチェイスでは魔力の流れしかわからない。何があるのか確かめるには、直接見るしかない。

見ると言っても、俺の場合は地面を抉《えぐ》らなくても良い。天眼と呼ばれた英雄アルテミシア、彼女の千里眼スキルなら、分厚い地面の先だって覗《のぞ》ける。

俺は千里眼スキルを発動し、文字通り目を凝らす。少しずつ焦点を合わせる位置を下ろしていくが、まだ土や岩しか見えない。かなり深い所にあると思った直後だった。

「こ、これは……」

目にした光景に、思わず絶句してしまった。こんな恐ろしいことをしていたのか。その上で、僅《わず》かな時間とはいえ眠ってしまったのか。考えるだけで身の毛もよだつ。額から流れる汗がポツリと地面に落ちる。

「先生？」

「……みんな、戦う準備をしてくれ」

俺は拳《こぶし》を強く握りしめ、千里眼で見た光景を思い浮かべる。

「今から地下へ降りる！」

両手を地面に当て、魔法を発動させる。

「グランドイーター」

発動した魔法によって、触れた地面が大きく抉れる。グランドイーターは大地を食らい飲み干す魔力の顎《あぎと》。地面を抉り足場を奪う強力な魔法で、本来は穴掘りに使うような魔法じゃない。ソロモンだってこんな使い方はしなかったはずだ。

多少の申し訳なさはあるが、今は一刻も早く地下へ到達することが優先だ。

「ちょっ、先生！」

「師匠どうしたんですか!?」

「悪いなみんな、説明しなくても見ればわかる！　それより武器を構えていてくれ」

「わかった」

マナが一番早く意を汲《く》み、力強く杖《つえ》を握る。グリアナさんは魔法を発動した時には剣を握っていた。咄嗟《とっさ》のことで混乱していたアリアとティアも、武器に手をかける。

ちゃんと説明したほうがよかったのだろう。だけど、これから見る光景を考えると、慌てていたほうがかえってショックは少ないかもしれない。そんな淡い期待を胸に、地面を抉り続けてたどり着いたのは――

「なっ……」

グリアナさんが大口を開けて驚いている。

街があった階層よりも大きな空間。球体に地面を抉られたような広々とした空間を、幻想的な紫色の光が照らしている。その光が照らす地面には、透明な棺《ひつぎ》が綺麗《きれい》に並んでいた。透明な棺の中に入っているのは、安らかに眠る悪魔と人間たちだった。

地面に降り立ち、左右を見回してアリアとティアが言う。

「何……これ？」

「これは一体……」

唖然《あぜん》とする一同。そこへ、パチパチと拍手の音が鳴り響く。聞こえてきたのは正面からだった。

壁に黒い鉄の扉があって、いつの間にか開いている。そこから優雅に歩いてきたのは、ラザエルだった。

「まさかこうも簡単に見つけられるとは思いませんでしたよ」

「ラザエル……」

「さすがは選ばれし英雄と仲間たち。かの王が警戒するだけのことはありますね」

「かの王……だと」

今の発言で確信が持てた。この男の正体は……初めて会うのに、なぜか感じた懐かしさは……この男を知っているという意味だったんだ。

「魔王アルマトラ」

その名を口にした途端、ラザエルは凶々《まがまが》しい笑顔を見せる。姿形は記憶の魔王とは全く違うけど、感じる魔力の総量と雰囲気は近い。それ以上に、悪魔らしい不気味な笑顔がソロモンと対峙《たいじ》した魔王と重なる。

「復活した……いや、転生したのか」

「ええ、我々悪魔には元来、死という概念はありません。たとえ朽ち果てようとも魂さえ残っていれば、再び生を享《う》けることができます。尤《もっと》も、普通は転生の時点で記憶を失って、まっさらな状態になりますが、私は違う」

「そうか。死の直前に何かしたんだな」

「その通り、記憶を保持する魔法を発動させました。そして私は魔王の力と記憶を持ち、ラザエルとして生まれ変わったのです」

要するに単なる復活ではなく、ラザエルという新たな肉体と生を享け、魔王の力と記憶を上書きした、ということだろう。出鱈目《でたらめ》な話だが、不可能なことではない。魔法は突き詰めれば何でも出来てしまう。そういう可能性を秘めている。

「さて、自己紹介は今更必要ないでしょうが、なぜわかったのです？　参考までに教えて頂けませんか？」

「最初から怪しいとは思っていたよ。と言っても途中まで違和感でしかなかったし、親切を装っていたから、疑いの目を向けることを申し訳ないとまで思った。けど……あの研究所を見て、動力の話を聞いた時に違和感は強まった」

「ほう、それなぜ？」

「聞くまでもなくわかっているはずだろう？　この場所が答えだ。大規模な魔道設備を維持するためには膨大な魔力が必要。核となる魔法石もそれだけ高純度で巨大なものがいる。魔法石に代わる物がないことは、偉大な魔法使いが大昔に証明してくれている」

「ああ……やはり！　やはりそうなのですね！　貴方《あなた》の中にはあの男の力がある！　あの忌まわしき人間の魔法使い……ソロモンの力が！」

ラザエルは歓喜と怒りが入り混じった凄《すさ》まじい威圧を放ち、地面と空気が激しく揺れる。圧倒的で禍々《まがまが》しい魔力を前に、俺を除く全員が恐怖を感じる。

「それとも貴方はソロモン本人なのですか？　人間などに私と同じことが出来るとは思えませんが、あの男なら可能でしょう」

「……俺はソロモンじゃない。ただ、彼の力と意志を受け継いだだけだ」

「……そうですか。少し残念ではありますが、それもまた良い。あの男に連なる者と、こうして巡り合えたことこそ運命！」

運命なんて綺麗なものじゃない。これはきっと宿命なんだ。俺の中にソロモンの力があって、彼の意志を受け継いでいるから。

「こいつの相手は俺がする。みんなはここの人たちを解放してあげてほしい」

「え？　この人たちって」

「ああ、大丈夫だよアリア。まだ生きている」

透明な棺の中で死んだように眠っている人たち。彼らは研究室の動力源として、常に魔力が吸われ続けているようだ。しかしギリギリ生存している。

「わ、わかった！」

「装置を止めれば助かる！　ここのどこかに制御するための装置があるはずだ」

返事をしたアリアを先頭に、ティアとグリアナさんも制御装置を探し始める。マナは一人で残り、心配そうに俺を見つめる。

「お兄さん」

「大丈夫だよマナ、俺にはソロモンが……みんなが付いているから」

「……うん」

力強い返事と共に、マナもアリアたちのほうへ駆けていく。俺は改めてラザエルに視線を戻した。彼は何もせず、じっとこちらを見ている。

「行かせてもよかったのか？」

「心配ご無用ですよ。貴方さえ押さえれば、装置は守られたも同然だ。それに……私と貴方の戦いを邪魔されたくはありませんので」

ラザエルがパチンと指を鳴らす。気付けば俺とラザエルは地上にある廃都の中央に移動させられていた。

「転移の魔法か」

「ええ、我々の力は広い場所でこそ発揮される。それとも狭い地下のほうが良かったですか？」

「いいや、こっちとしても好都合だ」

眠っている人たちを気にしなくて良い分、外のほうが全力で戦える。それに魔王の能力を考えると、密閉された空間はこっちが不利だ。

「そうですか、では始めましょうか？」

ラザエルが宙に浮かび上がる。両腕を広げ、身体中に魔力が漲《みなぎ》っていくのを感じる。さらに夜空を雲が覆い隠し、曇天へと変える。

「時を超えた再戦です！　精々楽しませてくださいよ！」

直後、夜空を覆い隠す雲に無数の魔法陣が展開される。展開された魔法陣は地面へ照準を定め、光の柱となって降り注ぐ。

「リヒトレイン」

空を覆いつくすまばゆい光が一瞬輝き、純白の光弾となって放たれる。リヒトレインは高圧縮した魔力を撃ち出す魔法で、基礎的なものの一つだが魔王が使うとスケールがまるで違う。

「アイススネーク！」

俺は氷の蛇を生成し、俺の身体を覆うように蜷局《とぐろ》を巻かせて光の雨から身を護《まも》る。凄まじい攻撃に晒《さら》されながら、次の手を考えている最中、氷に覆われていない足元に魔法陣が展開される。

「しまっ――」

魔法陣は大爆発を起こし、氷の蛇を蜷局の内側から破壊した。俺は咄嗟に聖女の力で結界を生成し防御。そのまま爆発の煙に紛れて距離をとる。

「逃がしませんよ？」

それを追うように、周囲の地形が生き物のように蠢《うごめ》き襲い掛かってくる。俺は剣の加護で剣を生成し、腕の形に変化しながら迫りくる地面を切り裂き撃ち抜いた。

「っ、やっぱりこれも使えるのか」

「もちろんですよ。私は魔王の力を受け継いでいる！」

魔王のスキル『天地変動』。魔力を消費することで、一定領域内の生物以外を自在に操ることが出来る。魔王に相応《ふさわ》しい支配の力だ。

蠢く地面も、雲が集まってきたのもこのスキルの力。離れた場所に魔法陣を展開できるのは、天地変動スキルと魔法の合わせ技だ。これがあるとわかっていたから、地下での戦闘は不利だと予想していた。

「そんなに力を使って魔力は持つのか？」

「ご心配なく、以前の私とは違う。ちゃんと準備をしています」

「――そうか、地下の人たちから吸収した魔力を自分にも！」

「ええ、その通りですよ！」

雷鳴が鳴り響く。今度は魔法ではなくスキルで雷を操り、俺目掛けて撃ちおろす。俺は神速スキルで地面を駆け回避しながら距離を詰める。

「かつてあの男に敗れた理由は、魔力量にある！　私の力は人間になど劣らない！　しかし私の力は強大すぎたのです。全《すべ》てを発揮するには、悪魔一人の魔力量では限界があった。ならばどうするか？　他から補ってしまえば良いだけだ」

「その答えが地下に眠る人たちか」

「ええ。あそこにいる者たちは、元々地下の街で暮らしていた悪魔たちです。加えて近くの村で集めてきた人間もいる。貴方たちが接していた街の住人のうち、悪魔は私の部下で、人間は村から来た真実を知らない者たちだ」

悪魔はともかく、人間も一緒に暮らしていることは衝撃的だった。しかも彼らは、自分たちが騙《だま》されていると知らない。本気で助けられたと信じていた。その心に付け込んで利用していたんだ。

「思った通り悪魔は悪魔のままだな。そうやって俺たちの寝首をかくつもりだったか？」

「いいえ、それは誤解です。私は元々、真実にさえ気付かなければ貴方たちを見逃すつもりでした」

「何だと？　それが呪《のろ》いの王の命令か？」

「違いますよ。どうやら本当に誤解しているようですね」

やれやれと呆《あき》れたように首を振りながらも、ラザエルは攻撃の手を緩めない。天地を支配し、四方から魔法陣を展開して追い打ちをかけてくる。際限のない攻撃に晒され、さすがの俺も防戦を余儀なくされていた。

「生まれ変わった今、私は呪いの王の眷属《けんぞく》ではありません」

「眷属……じゃない？」

「そうです。無論存在を感じてはいますが、付き従ってはいない。むしろ今は、あの力をほしいと思っているのです！」

ラザエルは歓喜しながら語る。かつて呪いの王の力に魅入られた魔王は、生まれ変わった現代でこう考えた。

呪いの王の力があれば、今度こそ全てを手中に収めることが出来る。淀《よど》みない支配の力を振りかざし、全世界を手に入れられる、と。

「いずれ呪いの力を手に入れる……そのための備えだったのですが、貴方でテストするのも悪くはない。さぁ思う存分に味わってください！　これこそ私の力だ！」

「力……か」

ラザエルは圧倒的な力への執着を露《あらわ》にしていた。それはかつて、ソロモンが戦った魔王アルマトラと同じ。転生したのだから当然だけど、ラザエルもまた……力を求めている。

「なぁ魔王、お前にとって魔法とはなんだ？」

「それには以前答えたはずです！　魔法とは力！　絶対的な力です！　今度こそ呪いの力を手に入れ、私は全てを支配してみせる」

「そうか……やっぱりお前はそう答えるんだな」

ならば俺も、かの大魔法使いと同じ答えを返そう。

「相変わらず、お前はつまらないよ――魔王」

その言葉にラザエルが明らかな苛立《いらだ》ちを見せる。敗北の記憶が頭の中に流れたのだろうか。攻撃をさらに激しくする。

「っ……」

「強がりもそこまでにしたほうが良い。今の私には誰《だれ》も逆らえない！　無論貴方もだ」

激しい攻撃の雨に晒され、攻撃は疎《おろ》か防御も間に合わなくなっていく。魔法だけでは追い付かず、神速スキルに聖女の力を併用しながら身を護る。

「頑張って耐えているようですが無意味ですよ」

「無意味じゃないさ。お前の力の源は、地下にある装置だ。その装置を止めてしまえば、魔力供給も絶たれる」

「それが何だというのです？　まさか、あの小娘たちが装置を止められるとでも？　はっ、笑わせないで頂きたい」

「別に冗談で言ったつもりはない。お前は言ったはずだ……俺さえ押さえれば、と。あれはソロモンの力を受け継ぐ俺なら、装置も止められるっていう意味だろう？」

どういう仕掛けなのかわからないが、ラザエルの自信から推測するに、強力な魔法によって守られているのだろう。そしてそれは、ソロモンの力と知恵をもってようやく退けられる。

「お前は知らない。お前が恐れた偉大な魔術師ソロモン……その意志を受け継ぐ者が、俺以外にもいることを！」

「何だと？」

装置のことを任せたのは、マナがいるから。俺と同じソロモンの生涯を知っている彼女なら、やり遂げてくれると信じているからだ。

俺がやるべきは彼女たちが装置を止めるまで耐え抜き、反撃の布石を打っておくことだ。

◇◇◇

ユーストスと別れたマナたちは、地下で眠る人たちを救うための方策を探した。いや、探す必要などなかった。

ラザエルが現れた扉とは反対側に、同じ黒い鉄の扉があったのだ。それら以外に出入り口はない。

マナたちが駆け寄り扉を開けると、中は研究室と似た構造になっていた。

中央にある台座の上で、五つの魔法陣がバラバラに回転している。

「ねぇマナ！　もしかしてあれがそう？」

アリアの問いにマナが頷《うなず》いて肯定する。台座と魔法陣が、眠る人たちから魔力を集めている装置で間違いない。あれを止めてしまえば、眠っている人たちは目を覚ますだろう。

しかし、簡単には近寄れない。装置まであと数歩という所で、見えない壁に覆われている。マナが壁に触れながら言う。

「魔力結界……それも三、四重になってる」

「結界？　破壊できないのか？」

グリアナさんが剣を持つ手に力を入れるが、マナは横に首を振る。

「駄目、強力な結界……それに装置と繋《つな》がってる。もし無理やり破壊したら、眠っている人に影響するかも」

「そ、そうなのか……ではどうする？」

「ボクが結界の術式を解除する。その間は動けないから——」

彼女たちの元へ複数の足音が迫る。扉側に目を向けると、研究所にいた悪魔たちが武器を構えていた。

「本当に居るとは驚きだな」

「ああ、まったく愚かな者たちだ。ここを暴きさえしなければ、何もされなかったのに……我々の秘密を知ってしまった以上、生かしておくわけにはいかないな」

研究所で見せていた表情とは異なり、悪魔らしく鋭く恐ろしい視線をアリアたちに向ける。マナが途中まで言いかけたことを理解して、彼女を守るように三人が武器を構える。

「任せてよマナ！」

「私たちがマナを守るわ！」

「ここから先は通さない！　装置は任せるぞ？」

「うん！」

マナの返事を合図に、悪魔たちが襲い掛かってくる。アリアとグリアナが前衛で剣を振るい、ティアが中距離から魔法弓で援護する。その間にマナは背を向け、結界に触れて目を閉じる。

「リリースプロテクション」

術式解除の魔法を発動。この魔法は結界や設置型の魔道具に刻まれた術式を読み取り、解除することが出来る。解除に集中しなければならないから、発動中は無防備になる。

マナの意識は結界の術式に潜り込む。複雑に絡まった糸を手繰り寄せ、解《ほど》いていくような感覚。とても地道で難しい作業だ。

加えて、対象の術式を解除するためには、その術式のことを完璧《かんぺき》に知らなくてはならない。術式に対する理解が甘い状態では、絡まった糸が余計に絡まってしまうだけだ。

しかし知識という面で、マナに不安はない。

なぜなら彼女には、偉大な魔術師ソロモンの知恵と経験が宿っているからだ。かの魔術師の記憶を辿《たど》り、目の前の術式に照らし合わせれば、理解することは容易《たやす》い。

後は解いていくだけ。

「――違う。こうじゃない」

間違えないように、絡まらないよう慎重に解いていく。結界は四つの術式が重なっていて、その所為《せい》でより複雑になっている。一つでも失敗すれば、他の術式にも伝播《でんぱ》して、眠っている人たちに悪影響をもたらすかもしれない。

押し寄せてくる緊張と不安に耐えながら、マナは術式と向き合っていた。

そんな彼女を守るため、アリアたちは奮闘する。迫る悪魔は十二人、武器を手にしている者もいて、全員が手練《てだ》れだ。

剣を剣で受け止め、マナを狙《ねら》う悪魔を優先的に攻撃し、狙う隙を与えないように立ち回る。

「どうしたのかな？　前に戦った悪魔は、もっと派手に魔法とか撃ってきたけど？」

「っ、なめるなよガキが！」

アリアの挑発に怒った悪魔は、大振りに大剣を振り回して彼女に襲い掛かる。怒りはしても、魔法は使ってこない。使ったとしても効果範囲を極端に狭めている。悪魔にとって魔法は最大の攻撃手段に他ならない。それを使わない理由は――

「装置を攻撃しないためでしょ？　強力な魔法を使ったら影響が出ちゃうから、全力を出せないんだよね？」

「ちっ、それがどうした！」

左右からアリアに襲い掛かる悪魔を、ティアが狙撃で止め、グリアナが剣で受け流す。

「いくら人数が多くても」

「魔法が使えないなら、私たちも負けはしないぞ！」

強気に出る三人に、悪魔たちが襲い掛かる。グリアナが言うように、魔法を自由に使えない悪魔は脅威とは言い難い。しかしだからといって、彼女たちが優勢というわけではなかった。

三対十二の人数差は変わっていない。守りに徹し、何とか連携して凌《しの》いでいるだけだ。勝敗の鍵《かぎ》を握るのは、結界を相手にしているマナ。地上の戦いも、彼女を守る三人も、マナが結界を解除するのが遅ければそれまで。

自分の手に、仲間たちの命がかかっている。その重圧は小さな女の子の身体《からだ》には重すぎる。マナの額から流れる汗が、ポツリポツリと地面を濡《ぬ》らす。

集中はしていても、後ろで戦っている仲間たちの声は聞こえる。マナの心は不安に襲われていた。もしも声が聞こえなくなってしまったら……そう思うと怖くなる。

無意識に身体が震える。集中しなくてはならないのに、よくないことばかりが思い浮かんでしまう。

「ボクは……」

——大丈夫、君なら出来る。

それは幻聴だった。ソロモンの声と、ユーストスの声が混じり合った優しい幻聴が、彼女に語り掛けていた。たった一言だけ……でもそれが、勇気を生む。

かつてソロモンは孤独を理解した。そして同時に、その孤独を打ち消してくれる存在にも出会った。マナも、ソロモンも……一人じゃない。

信頼できる仲間がいてくれる。それだけで、無限の力が漲《みなぎ》ってくる。

「これで——終わり！」

絡まった全《すべ》ての糸が解かれ、同時に全ての結界が砕かれる。ガラスが割れた時と同じ、パリンという高い音が立て続けに部屋中に響く。

「あとは――」

稼働している台座の装置に手を伸ばす。結界を突破してしまえば、装置の停止そのものは難しくない。ものの数秒で装置は止まり、目的を果たしたマナは悪魔たちのほうへ振り向く。

「ば、馬鹿な……」

悪魔たちは唖然《あぜん》とし、一瞬の隙が生まれる。その隙をマナは見逃さない。

「みんなこっちへ！」

珍しく大きな声を出したマナの呼びかけに答えて、三人が集合する。円を描くように手をつなぎ、転移魔法を発動。

四人は人々が眠る部屋へと移動した。続けてマナは魔法で地面を操り、装置のあった部屋の入り口を封鎖。極めつけの置き土産《みやげ》、入り口を塞《ふさ》いだ壁の内側に魔法陣を展開。

「フレアバースト」

「ばっ――」

密閉された空間を炎が包み込む。結界を破壊され動揺した隙を突《つ》き、マナの機転で悪魔たちを一網打尽にしてしまった。停止された装置も一緒に破壊され、ラザエルへの魔力供給は行われなくなった。

「お兄さん」

◇◇◇

降り注ぐ雷と光の雨は勢いを弱めない。大地は原形を忘れて蠢《うごめ》き、足を止めれば捕らわれてしまう。英雄たちの力を借りて、防御と逃げに徹して何とか凌いできた。俺の身体は人間で、体力にも魔力にも限界がある。流れ出る汗が増え始め、限界が近いことを悟る。

「いい加減に諦《あきら》めてはどうですか？」

ラザエルの冷たい言葉が耳に響く。もはや返事をする余裕もないことに、ラザエルも気付いているのだろう。

「いくら時間を稼いだところで無駄ですよ」

無駄なんかじゃない。アリアたちも頑張ってくれているはずだ。マナならきっと、装置を止めてくれると信じている。だから俺は諦めない。声には出さずとも、視線に込めてラザエルを見据える。

「諦めないと言いたげな顔ですね。ならば私の手で現実を——!?」

突然、ラザエルの表情が一変する。顔に手を当て、目を見開き、信じられない出来事に出くわしたような驚愕《きょうがく》を露にする。驚きのあまり制御が乱れたのか、光の雨が弱まり、雷も鳴りやんだ。地面のうねりも緩やかになって、地に足を着けて呼吸を整えることが出来る。

「やったんだな、マナ」

「馬鹿な……ありえない。四重にも合わさった結界をこうも短時間で？　そんなこと……」

「だから言っただろう？　彼女たちなら必ずやり遂げてみせるって」

　信じて待った俺と、信じられず動揺するラザエル。さっきまでと立場が逆転したようにさえ思える。しかしラザエルはすぐに冷静さを取り戻し、動揺を表情から消す。

「確かに、侮っていたようですね。ですが状況は大きく変わっていない。私への魔力供給は絶たれましたが、それだけのことだ」

　ラザエルは不敵な笑みを浮かべ、空中から俺を見下ろし言う。

「貴方はすでに魔力をほとんど使い果たしている。呼吸も絶え絶えだ。それだけ消耗しているなら、倒すのに何の支障もありません」

　彼の言うことは事実だった。先ほどまでの猛撃に耐えるために、魔力の大部分を消費してしまっている。常に走り続けていたから体力も限界だ。呼吸は自然に浅くなって、立っているだけでもギリギリの状態。

「貴方を倒し、不届き者どもを殺して装置を復旧すれば何の問題もありませんね」

「それは……どうかな！」

　俺は右手をかざし、アイスドラゴンの魔法を発動。展開された魔法陣から巨大な氷のドラゴンが飛び出し、ラザエルに襲い掛かる。

「フレアカーテン」

　氷のドラゴンはラザエルが作り出した炎の幕で防御されてしまう。砕け散った氷の破片が地上に落下していく。

「最後の一撃ですか？　残念ながら届きま──」

「──アイスドラゴン」

続けてラザエルの左右から氷のドラゴンが襲い掛かる。一瞬虚をつかれた様子だが、ラザエルは再び炎の幕で防御してみせる。

「まだこれほどの魔力を残して……いや、残りの魔力量では一発が限度だったはずだ」

「正解だよ」

いつの間にかラザエルと同じ目線まで跳びあがり、宙に浮かぶ俺を見て驚く。しかし驚いているのはそこだけではないはずだ。ラザエルは俺を見て目を細める。

「……どういうことですか？　なぜ、貴方の魔力が戻っている？」

そう、空っぽに近かった俺の魔力は、もう少しで半分というところまで回復していた。さらに尚《なお》、俺の魔力が増えていくことにも気付いたようだ。ラザエルは攻撃の手を完全に止めたまま、俺の身体を上から下までじっくり観察している。観察したところで答えにはたどり着けないだろう。

だから俺は、ラザエルに答えを教えることにした。

「リカーレンスマナ、変換の魔法だよ」

「変換……だと？」

「そう。昼なら日光、夜なら月光。吹き抜ける風や流れる水……そういう自然の力を魔力に変換する術式だ」

「魔力への変換？　それはあの男の！　い、いやあれは実用段階ではなかったはず」

ラザエルは動揺しながらぼそぼそと考えを口に出す。あの男というのはソロモンのことで、どうやら彼も知っているらしい。

リカーレンスマナの元になっている魔法は、ソロモンが魔法石の代わりを作るために編み出したものだ。変換自体は可能でも、効率が悪すぎて消費のほうが勝ってしまう。故に魔法石の代わりにはなりえなかった。

しかし効率が悪い一番の理由は、術式が複雑すぎることだった。ソロモンはその可能性に気付き、旅を続けながら術式を簡略化し魔力消費を抑える改良を重ねていた。結局は完成まで至らなかったけど、こうして敵が自分の魔力量を感知できる場合には、俺の余力を欺くのに使えるんじゃないかと賭《か》けに出てみたのだ。

「これで、本当にさっきまでと立場が逆転したみたいだな。そろそろ決着といこうか」

「……決着？　高々魔力を回復したくらいで得意げですね？」

「いいや？　もう決着だよ」

逃げながら、守りながら、ずっと反撃の機会を窺《うかが》っていた。すでに布石は打ってある。魔力が半分以上回復したことで準備は整った。

俺が両手を勢いよく合わせて、パンと大きな音が響く。それを合図に、ラザエルの周囲で魔法陣が次々と展開されていく。

「こ、これは――」

「もう遅い。オクタグラム！」

展開された魔法陣は全部で八つ。瓦礫《がれき》、壁、飛び散った氷の欠片《かけら》。走り回りながらラザエルを囲むように配置した魔法陣によって、透明な八面体の結界を生成。ラザエルが閉じ込められた。

「この程度の結界など！」

「その結界の壁はあらゆる魔法を反射する。無暗《むやみ》に魔法を放てば、全て自分に返ってくるぞ」

「なっ、反射だと？」

「そう。だからって物理的な手段で破壊したかったら、何十分も殴り続けないといけないけどね」

発動しかけた魔法を止めるラザエル。閉じ込められて身動きが取れず、悔しそうに俺のことを睨《にら》みつけてくる。いくら睨まれても、檻《おり》に入れられた猛獣と同じで怖くはない。

俺は真っすぐにラザエルへ近づく。

「魔法は絶対的な力だ、だったか？　そんなつまらない答えしか持っていないお前に、この世で最も偉大な魔法使いの言葉を教えよう」

結界に触れられる距離まで近づいた俺は、徐《おもむろ》に手を伸ばし結界に触れながら語る。偉大な魔法使いソロモンから教わった言葉を。

「魔法とは、己の想像を形にする力。想像に限界なんてない。だからこそ魔法には無限の可能性がある。魔法は……夢そのものなんだよ」

触れている結界の一面に魔法陣が展開される。リヒトレインと同じ、光の柱を放つ魔法だ。一発だけだが、反射する壁に囲まれた中で使えばどうなるだろうか。

「き、貴様！」

「これで決着だよ──魔王」

光の柱は反射を繰り返し続け、結界の中を真っ白な光で埋めつくす。限界まで満ちた後、結界はガラスのような音をたてて砕け散った。

◇◇◇

装置を停止してから一時間後に、最初の一人が目を覚ました。元々研究所で働いていた悪魔で、何があったのか具体的な話も聞けた。

悪魔たちは地下で隠れ住んでいたが、ある日突然ラザエルが現れ、あっという間に街を占拠されてしまったそうだ。驚くべきことに、どうやらラザエルの言っていた、全《すべ》ての悪魔が呪《のろ》いの王に従っているわけではない、ということは事実らしい。

続いて半日後に、装置に囚《とら》われていた村人たちも目を覚まし始める。ラザエルの襲撃を受けて誘拐されていたのは確かだが、あまりに突然の出来事で記憶は曖昧《あいまい》なようだ。

カモフラージュとして利用され、街に避難していた村人たちにも事実を伝えた。信じていた者に騙されていて、みんな信じられない様子だったけど、地下の惨状を見せて納得してもらった。

まだ眠ったままで目覚めていない人も多い。とりあえず命に別状はなく、しばらくすれば目覚めるだろうとは思う。

ラザエルとの戦いから一日半が過ぎ、東の空に朝日が昇り始めた頃《ころ》、俺たちは地下の人たちに別れを告げて地上へ出た。

「お兄さん」

「何だ？　マナ」

「今夜も、ソロモン様の伝承をお願いしたい」

「熱心だな。もちろんいいよ」

ラザエルとの戦いの後、マナは俺にソロモンの記憶を見せてほしいとお願いしてきた。マナにはすでに伝承で全てを伝えていて、同じものを見るだけなのだが。

「ありがとう。もう少し……もう少しで掴《つか》める気がする」

「そうか」

伝承で受け継がれるのは、英雄の知識と経験だけだ。その分、知識への理解と経験の応用力が必要になる。同じ記憶を何度も見ることで、一度目には気付けなかったことに気付いたり、記憶の解釈を広げたりできる。

ラザエルとの一件を経て、マナの魔法に対する熱がさらに強まったらしい。特に俺がやっていた魔力を回復する魔法を、自分でも使えるようになりたいそうだ。

めんどうくさがりな彼女だが、魔法に関してはとことん貪欲《どんよく》で熱心。これはまた、いずれ大きな成長を遂げそうだ。

そんな前向きな話をしている一方で、アリアが心配そうに下を向いてぼそりと呟《つぶや》く。

「大丈夫かな？」

「心配いらないよ。誰《だれ》も怪我《けが》はしていないし、時間が経《た》てばみんな目を覚ます。元気な人たちもいるんだから、後のことは任せよう」

「うん」

アリアが返事をして、俺はこくりと頷《うなず》く。さぁ出発しようと歩き始めたところで、マナが廃都の街並みを悲しそうに眺めていることに気付く。

「マナ？」

「街……ボロボロになった」

「ああ、激しい戦いだったからな。街のことを考える余裕はなかったよ」

ラザエルの猛撃は街へと容赦なく降り注いでいた。元から風化して壊れた建造物のほうが多かったけど、今はもっとひどい状況だ。街の跡というより戦場の跡に近いだろう。

ここはソロモンが生まれ育った場所だ。彼自身、そこまで思い入れはなかったようだけど、生まれ故郷であることに変わりはない。そんな場所を破壊してしまったと思うと、やはり複雑な気分になる。

「よし！　それなら元通りにしてみるか」

「え？　出来るの？」

「ああ。実は俺も、このままは嫌だなって考えていたんだよ」

元通りにすると言っても簡単なことじゃない。時間を巻き戻す魔法はあるけど、街一つとなれば消費する魔力量が桁外《けたはず》れなのはもちろんのこと、何より術式の構築にかなりの時間がかかる。だから時間を戻すのではなく、作り直すことにした。

「このスキルは正直、あまり使いたくはないんだけど……」

そう言って俺はしゃがみ込み、地面に両手を当てる。

「天地変動」

次の瞬間、地面から轟音《ごうおん》が響き激しい揺れに襲われる。アリアたちはふらつき、膝《ひざ》をついて揺れに耐えている。

このスキルはラザエルから継承したものだ。そのつもりはなかったけど、街を元通りにする方法を考えて、このスキルが必要だという結論に至った。風化してなくなってしまった部分は材料がない。だから天地変動で足りない材料をかき集めると同時に、砕けてバラバラになった建物の破片を元の建物ごとに分けていく。

「リビルド」

続けて発動したのは建物を建造する魔法だ。脳内でイメージした形状の建物、風景をそのまま現実に投射する。イメージが確かでないと出来ない魔法だから、俺はソロモンの記憶の中にある街並みを思い浮かべていた。

アリアたちは声も忘れて復元される街並みに見入っていた。マナはきっと、懐かしさを感じているることだろう。

徐々に戻っていく街並みは、俺たちが訪れた時の状態を超え、栄えていた頃まで到達する。目を閉じれば当時の光景が思い浮かぶ。完全に復元が成功した街並みを見て、ここでソロモンが生きていたということを、改めて実感した。

第三章　エルフたちの国

　廃都イルサレムを出発した俺たちは、決戦の地を目指して旅を続けている。今は一本の長い川に沿って進んでいて、砂利や小石の上は足をとられやすい。本当は馬車なり移動手段を獲得したかったが、残念ながら地下の街には馬車がなかった。ラザエルの所為《せい》でそれどころではなかったこともあるが、結局今も徒歩で先へ進んでいる。

　歩きながらちょんちょんとアリアが俺の服の裾《すそ》を引っ張ってくる。

「ねぇ先生！　この川ってどこまで続いてるのかな？」

「さてどこなんだろうね。方角的には目指している場所と同じだけど、この辺りは情報も少ないから何とも言えない」

　わざわざ川沿いを進んでいるのには理由がある。俺たちが今いる地域は、どの国にも属していない所謂《いわゆる》未開拓領域だ。旅を始める時に用意した地図にも、この辺りの情報はほとんど載っていない。けれど、未開拓だからと言って誰も住んでいないとは限らない。

　獣人たちの村を思い返す。あそこも地図には載っていなかった小さな村だ。それと同じで、この地域にも人が暮らしている場所があるかもしれない。特に川沿い、水辺の近くは便利だから村や集落が近くにある可能性が高い。

目的地を目指しつつ、あわよくば集落を見つけて、今度こそ馬車とか移動手段を再獲得したいと考えていた。

俺たちはさらに足を進めていく。空を見上げると太陽が天辺《てっぺん》を過ぎて西へ下り始めていた。朝から不安定な砂利道を歩き続けているし、みんなも疲れているだろう。

「一旦《いったん》休憩にしようか」

「はーい！　私お腹空《なかす》いてきちゃったよ」

「じ、実は私も……先ほどからお腹の虫が鳴きそうで」

「ボクは足が疲れてきた」

三人とも休憩には大賛成の様子だ。グリアナさんにも視線で確認して、頷いてくれたので一旦休憩をとることにする。川辺で腰を下ろし、暖かな日の光を浴びながら休息をとる。俺とグリアナさんで周囲の警戒も怠らない。

「ん？　これは……ユーストス殿！」

周辺を見回っていたグリアナさんが、大きな声で俺の名前を呼んだ。何かを見つけたらしく、近くに来てほしいと言われる。

「これを見てほしいのだが」

グリアナさんは視線を下げて指をさす。丸い石が転がっている地面に、トゲトゲした金属の仕掛けが隠されていた。

「これ罠《わな》ですね。確かトラバサミとかいう動物を捕らえる仕掛けです」

動物が踏むとばね仕掛けで棘《とげ》のついた口が閉じる仕組みだ。かなり原始的な罠で、一応は人間にも有効ではある。どうやら仕掛けが発動した後のようで、口が閉じている。しかも強引に抜けたのか、棘には血の跡が残っていた。

「まだ新しいですね」

「ええ、それにあっちを見てください」

グリアナさんは続けて、川の反対側にある森を指さした。よく見かける普通の木々が生えている。注目すべきは、木に突き刺さっているものだ。

「矢が刺さっている？」

「そうです。どうやらこの辺りで狩りをしていたようですね」

これで近くに集落がある可能性が高まった。しかし狩りにしては少々不自然ではあった。辺りを確認してみると、数本の矢が落ちている。人がいた痕跡《こんせき》はあるものの、肝心の動物の痕跡が一つもない。閉じたトラバサミも放置されているし、本当に狩りをしていたのだろうか。

疑問に感じた俺は、千里眼で周辺をより細かく確認してみることにした。最初に川の下流を見てみると、いきなり思わぬ光景を目にする。

「誰かいる」

見えた人影は全部で六つ。三人ずつに分かれて距離をとり向かい合っている。長く尖《とが》った耳はティアと同じエルフの特徴だ。うち三人はティアと同じく透き通るように白い肌をしている。対照的に残りの三人は、日の光に焼かれたような褐色肌をしていた。

エルフと同じ耳に褐色肌は、ダークエルフと呼ばれる種族の特徴だ。普通のエルフとダークエルフが向かい合っている。

そして問題は、明らかに穏やかな雰囲気ではないことだ。ダークエルフ側は三人とも立っているのに対し、エルフ側の三人は負傷して膝をついている。中でも顔が似ている二人が口論をしている様子だが、何を話しているかはわからない。

どうにもダークエルフがエルフを襲っているように見えてしまう。剣聖ユリアスの記憶に、呪《のろ》いの王の眷属《けんぞく》となったダークエルフとの戦いがある。おそらくその所為で、ダークエルフに対する印象が悪いんだ。

それはさておき……。

「止めたほうが良さそうかな」

「どうした？　何か見つけたのか？」

「ええ。この川の先で争っているエルフがいます」

「エルフ？」

グリアナさんはチラッと休んでいるティアのほうに視線を向けた。

「俺が先に行って止めてくるので、グリアナさんたちは後から追ってきてください。三人にもそう伝えてほしいです」

「わかった。気を付けて」

「はい」

俺は飛翔《ひしょう》と月歩のスキルを発動して、空中から現場に向かう。ただの喧嘩《けんか》ならわざわざ止める必要もないだろうけど、雰囲気的にはそれで収まりそうにない。取り返しがつかなくなる前に止めて、争った理由は直接聞けばいい。

◇◇◇

川辺で向かい合うエルフとダークエルフ。エルフは三人とも負傷していて、二人は男性、一人は少女だった。エルフの少女は傷を押さえながら訴えかける。

「ねぇもう止《や》めて！　どうしてこんなことするの？」

「何度も言っているだろ？　あたしたちがダークエルフだからよ」

答えたのはダークエルフの少女だった。二人は肌の色の違いを除けば、よく似た顔をしている。まるで姉妹のように。

「でもレイラ！　私たちは姉妹だよ！」

「そうだねライラ。あたしたちは双子の姉妹だ……だけど違う。あたしとレイラじゃ生まれて来た意味が違うんだ」

まるで、ではなく二人は血のつながった姉妹だった。エルフのライラと、ダークエルフのレイラ。二人は目を合わせて言い合う。

「違わないわ！　急にどうしてしまったの？　こんなことするなんて……」

「思い出したんだ。あたしたちダークエルフが何のために生まれたのか。ライラもこっちに来ればわかると思う」

「駄目だよそんなの！　みんなを傷つけるなんて私には出来ない」

「そう。ならやっぱり……こうするしかないね」

レイラはライラに右手をかざす。その手に宿っているのは、本物の殺意だった。

「さようなら、ライラ」

「レイラ！」

「――剣の雨よ」

天から降り注いだ剣が地面に突き刺さり、両者の間に境界線を引く。

◇◇◇

「そこまでだよ」

剣の加護を発動した俺は、そのまま落下して突き刺さった剣の柄《つか》の上に降り立った。ダークエルフの少女は俺と目を合わせる。

「お前……誰だ？」

「俺はユーストス。理由《わけ》あって旅をしている。そっちはダークエルフ、で合ってるよな？」

「ユーストス……」

ダークエルフの少女は、俺の名前を口にしてギロっと睨《にら》みつけてくる。初対面のはずだが、ひどく恨まれているような気分になる。

「何の真似《まね》だ？」

「仲裁に来たんだよ。ただの喧嘩なら放っておいたんだけど……明らかに度を越してる。喧嘩で見る殺気じゃないよ」

彼女が右手をかざした瞬間、確実に殺すつもりでいたのがわかった。喧嘩に本気の殺意を持ち込んだ時点で、それはもうただの殺し合いだ。

ダークエルフの少女は舌打ちをして俺に言う。

「何も知らない部外者の癖に、あたしたちの間に入ってくるな」

「目の前で誰かが殺されるのを見ているなんて出来ない。事情があるにしても、争い方は選ぶべきだと思う」

「……っ、もう良い。一旦引くよ」

「待って！　レイラ！」

エルフの少女が引き留めようとしたが聞く耳を持たない。ダークエルフの少女は苛立《いらだ》ちを見せたまま二人の仲間に命令して、俺たちに背を向け川の向こうに去っていく。

エルフの少女は追いかけようと立ち上がるが、ふらついて倒れてしまう。見た目以上に傷は深い様子だ。俺は剣の柄から飛び降りて、彼女に駆け寄る。

「大丈夫？　無理に動かないほうが良い」

「で、でもレイラが……私の妹が」

「妹？」

あっちはダークエルフで、目の前にいる少女はエルフだ。エルフとダークエルフは別々の種族だって聞いていたけど、違うのだろうか。

いや、今はそれより治療が先決だ。

「今から治療するからじっとしていて」

治療中、彼女は言われた通りにじっとしていたが、ずっと川の向こう側を見つめていた。ダークエルフの妹レイラ。彼女と言い争っている内容は途中からしか聞いていない。どうやら複雑な事情があるようだ。

彼女を含め三人の治療が終わった頃《ころ》、遅れてアリアたちが合流した。

「助けて頂いてありがとうございます。私はライラ、見ての通りエルフです。後ろの二人はリュックとザックです」

紹介された男性エルフの二人が、一緒にお辞儀をしてきた。俺たちもお辞儀を返して、改めて自己紹介をする。

「俺はユーストスです。こっちの三人は俺の弟子です」

「アリアです！」

「ティアと言います。私もエルフ族です」

「マナ」

三人が名前を口にした後、最後にグリアナさんが挨拶《あいさつ》をする。

「私はレスターブ王国騎士団所属、グリアナ・フォレトスです。レオナ姫の命により、ユーストス殿の旅に同行しております」

「レスターブ王国から旅をしているのですか？」

「ええ。今は目的地に向かう途中で、どこかに村や集落がないかと探していたところです」

「でしたらこの先に、私たちエルフの里があります。もし良ければ来て頂けませんか？」

ライラの提案は願ってもないものだった。

「良いのですか？」

「はい。助けて頂いたお礼もしたいので、皆さんが良ければぜひ」

「エルフの里……」

ティアがぼそりと口に出す。ライラにも聞こえていたようで、彼女はニッコリと微笑《ほほえ》みティアに言う。

「私以外にもたくさんエルフがいますよ」

ライラの言葉を聞いたティアは、俺のほうへ顔を向ける。

「師匠」

「うん。俺も興味あるからお邪魔しよう」

「はい！」

ティアは嬉《うれ》しそうに元気よく返事をした。自分と同じエルフと出会い、エルフが暮らしている集落がある。アリアが獣人の村で見せたのと同じ、ワクワクが顔に現れている。

それから俺たちは、ライラたちの案内でエルフの里に向かうことになった。里は川をさらに上った所にあるらしい。川辺を歩きながら、俺はライラに尋ねる。

「さっきの女の子……妹なんですか？」

「はい。私とレイラは双子で、私が姉、レイラが妹です」

「双子の姉妹……でも彼女はダークエルフですよね？　エルフとダークエルフは違う種族と聞いていましたが……」

俺が確認するように言うと、ライラが首を横に振って答える。

「いいえ、エルフもダークエルフも、元は同じエルフ族です」

「そうなんですか？」

「はい。今からずっと昔、とあるエルフの錬金術師によって誕生したのがダークエルフです」

錬金術師……確か、物質同士を合成したり分解したり出来るスキルの所持者。魔道具作成スキルよりも希少で、俺自身は今まで持っている人に会ったことはない。その大昔の錬金術師が、ダークエルフを生み出したという。

「ティアは知っていた？」

「いいえ、私も知らなかったです。ダークエルフとエルフは仲が良くない、ということくらいしか」

「エルフはずっと、他種族との交流に消極的でしたからね。皆さんが知らないのも無理はありません。ティアさん……でしたね？　外で生きるエルフは少ないですから、自分以外の同胞に会う機会は今までなかったでしょう？」

「は、はい！　私以外のエルフ族に会えたのは、今が初めてです！」

ライラはニコリと微笑む。ティアは話しながらいつになく興奮している様子だった。彼女が言うように同胞に初めて会えたことが嬉しいのだろう。上機嫌なティアを微笑ましく感じながら、俺はライラに質問する。

「仲が悪いというのは本当なんですか？」

「……はい」

ライラは答え辛《づら》そうに頷《うなず》いて、一呼吸空けてから話し始める。

「エルフとダークエルフの仲はよろしくありません。元は同じ種族ですが、私たちには違いがあります。エルフには温厚な人が多くて、ダークエルフは攻撃的な人が多いという性格的な違い。野菜が主か、肉が主かという食の違い。戦いを好まないのか、好むのか……そういういくつかの違いがあって、一緒に生活していても合わないことが多いんです」

聞く限り、文化や趣味嗜好《しこう》の違いが大きいのだろうか。その辺りは他の種族同士でも当てはまりそうではある。

「ですが、全員がそうというわけではありません。エルフ同士の子供でも、ごくまれにダークエルフが誕生することがあります。小さい頃から一緒に過ごせば、種族の違いなんて感じません」

「ああ、だから姉妹で」

ライラとレイラの姉妹は、同じ母親から生まれた双子だった。双子で分かれることは本当に稀《まれ》らしいが、二人は別々の肌の色をもって生まれた。ライラの話によると、里にはレイラ以外にもダークエルフがいて、一緒に暮らしていたらしい。

「暮らしていた……ってことは」

「はい。今はいません」

「何があったんです？」

俺の問いかけに、ライラはすぐ答えを口にしなかった。悔しそうに身体《からだ》を震わせ、唇をかみしめている。そしてゆっくり、話し始めた。

「……私にもわかりません。何事も……なかったはずなんです。レイラも男勝りなところはありましたが、活発で元気な優しい子でした。でも突然……」

◇◇◇

エルフたちが暮らす里には、ダークエルフが二十人いた。そのうちの一人がライラの妹、レイラだった。

二人は肌の色以外はよく似ていて、周囲からも仲の良い姉妹だと評判だった。同じ母を持ち、同じ時間を共に過ごしてきた。所謂《いわゆる》半身のような存在。

レイラのことを一番理解しているのはライラで、ライラのことはレイラが一番よく理解していた。

しかし、ある日突然異変が起こった。

「レイラ?」

「……呼んでる」

「え?」

レイラを含むダークエルフたちがピタリと動きを止め、話しかけても虚《うつ》ろで返事が曖昧《あいまい》になった。

それから急に暴れ出し、近くにあった物を壊し始めた。

「レイラ！　どうしたのレイラ！」

「そうだ！　そうだ、あたしはダークエルフだ！」

呼びかけても会話は成り立たず、彼女たちは暴れ続けた。里を外敵から守る結界まで破壊していき、散々暴れて壊すだけ壊して、彼女たちは里を去っていった。

◇◇◇

ライラは途中からずっと泣きそうな顔をしていた。最後まで話し終えた時には、瞳《ひとみ》から大粒の涙がこぼれ落ちる。

「ごめんなさい……もう何がどうなってるのか、わ、わからなくて」

「いや、話してくれてありがとう」

大変だったね、とか。悲しかったんだね、とか。そういう言葉をかけてあげたかったけど、彼女たちのことを知らない俺が言うべきではないとも思った。

聞く限り単なる種族間のイザコザでは収まらない。何かが起こって、変化があったのは確かだろう。それが何なのかはわからない。呪《のろ》いの王ともしかしたら無関係ではないかもしれないけど、まだ憶測でしかないから口には出さなかった。

それから会話も減り、ライラの案内に従ってエルフの里へ足を進めた。それなりに距離があって、気付けば夕日が沈んでいく。そうしてようやくたどり着いたのは、川が途切れている場所だった。

「里はこの下です」

「下？」

川は途切れて滝になっていた。ゆっくりと気を付けながら下を覗《のぞ》き込む。するとそこには、四方を高い崖《がけ》に囲われた巨大な湖があった。まるで丸い月でも落下した後のように地面が刳《く》り抜かれ、四方の滝から水が流れ落ちている。

その湖の中心に、エルフたちが暮らす里があった。

「こ、これが……エルフの里？　私が知っている街と全然……違う」

ティアがぼそりと呟《つぶや》いた。その表情からは驚きと尊敬の念を感じ取れる。想像以上だったのだろう。自分と同じエルフ族に会えた嬉しさと、同胞が造り上げた街を見た感動が。

「気を付けて降りてくださいね」

想像以上の大きさに驚く俺たちを余所《よそ》に、ライラたちは崖に沿って作られた階段を下っていく。

湖の中心に浮かぶ街なんて初めて見た。英雄たちの記憶にもないエルフの里を、こうして目にすることができて、今は感動すらしている。

建物は全《すべ》て木製で、使用している木の色で茶色だったり白だったりと違いはある。湖を渡る道は大きな岩をブロック状に切り出して埋め立ててあるようだ。人工的な建造物なのに、自然の中にいるような感覚に陥る。

何より一番目に入るのは、街の中央に聳《そび》え立《た》つ巨大な大樹だ。緑色の鮮やかな葉をつけ、遠くからでも見上げないといけないほど高い。獣人の村で戦ったギガースの倍はあるだろうか。

「あんなでかい木は初めて見るな」

「ただの樹《き》ではありませんよ？　あれがこの街を守る結界なんです」

「あの大樹が？」

「はい。よろしければ大樹の近くまで案内しましょうか？」

俺はライラの提案に頷く。木が結界を張るなんて聞いたことがない。本当ならぜひ見ておきたいと思った。それから大樹の元へ向かいながら、街のことをライラが説明する。

「この街のほとんどの設備は、魔道具で出来ているんですよ」

「魔道具で⁉」

それを聞いて思い出すのは、廃都と地下の街のこと。まだ記憶に新しい惨状が頭をよぎり、疑いの目を向けてしまう。さすがにここでも同じことをしている、なんてことは考えたくないけど、実例を知っている以上確かめなくてはならない。

「動力はどうしているんです？　大量の魔法石があるんですか？」

「いいえ、魔法石は希少ですから、別の物で代用しています」

「別の物？」

「はい。それは――」

ライラが続きを話そうとしたところで、タイミング悪く行く手を阻む人たちが現れる。それは十数人の大人のエルフたちだった。中央に立つ年老いた男性エルフが、ひどく睨《にら》むように俺たちを見ている。

「ライラよ、なぜよそ者を連れているのだ？」

「違いますクルト様！　この方々は私たちを助けてくださった恩人です」

「恩人？」

ライラが事のあらましを説明していく。どうやら話しかけてきたクルトという男性エルフは、この里を治める立場らしい。そしてエルフの里では、よそ者や他種族を歓迎していない様子だ。ライラが必死に説明してくれているが、クルトさんの表情は変わらなかった。

「もうよい。お前が連れてきたのなら責任をもってもらうぞ」

「は、はい！」

「旅人よ、同胞を救ってくれたことは感謝する。だが早く出ていくことを勧める。私たちは今、よそ者に構っていられる状況ではない」

そう言い残し、クルトさんは仲間を引き連れて去っていく。横目にティアを見ると、落ち込んでいるのがわかった。初めて会えた同胞に拒絶されたんだ。辛いに決まっている。

「――ぁ、私は大丈夫です」

俺と目が合って、ティアは切なげな笑顔でそう言った。

その後彼らの姿が見えなくなって、ライラは大きくため息をこぼす。

「はぁー……ごめんなさい。大樹はもうすぐですから」

どうやらかなり緊張していたようだ。話の途中だったが、すぐに問い質《ただ》すのはやめておくことにする。

彼女に連れられ、俺たちは大樹の根元までやってきた。

「おっきー……」

「近くで見ると余計に大きく感じますね」

「……首が痛くなる」

三人ともそれぞれの感想を口にして大樹を見上げている。確かに大きいし、独特な雰囲気もある。それに微弱だけど、魔力が宿っているようだ。大樹をまじまじと眺めていると、ライラが俺の隣に立って話しかけてくる。

「さっきの話の続きをしましょう。この大樹はただの樹ではありません。ずっと昔、私たちの先祖の一人に錬金術師がいました。その錬金術師が、この大樹を作ったと言われています」

「錬金術師って、ダークエルフを生み出したという人ですか？」

「いいえ、その方とは別と聞いています」

錬金術は様々な物を掛け合わせ、まったく新しい物を生み出すことが出来る。その錬金術師は大樹と魔法石を元に、数十種類の物質を組み合わせて、この大樹を生み出したという。

「ユーストスさん、あそこに赤い実が生《な》っているのが見えますか？」

「はい。リンゴみたいですね」

「あの実が魔法石の代わりになるんです」

「そうなんですか？」

信じられないが事実らしい。大樹に生る実には、魔法石と同じように魔力を蓄える力があった。だから魔法石の代わりになる。実際に街の魔道装置には、この実が使われていた。

驚きと同じくらい安堵《あんど》する。どうやら余計な心配だったようだ。それから俺は、ライラが話してくれたレイラのことを思い出す。

「でも確か、結界は壊されたって言いませんでしたか？」

「はい。本来ならこの大樹を中心に、強力な結界が街を覆っています。ですがレイラたちが暴れて、大樹を傷つけてしまったんです」

それ以来、結界は発動しなくなってしまったそうだ。加えて、大樹に生る実の数も急激に減っているらしい。レイラたちが傷つけたことで、大樹は緩やかに枯れ始めているそうだ。

「私たちの生活は、この大樹によって守られています。このままだと街は外敵に晒《さら》され、実が不足すれば今の生活を維持できません」

だから街のエルフたちは、大慌てで魔法石を探しているそうだ。クルトさんが言っていたよそ者に構っている時間はない、というのはつまりこれが原因。自分たちの生活を維持するために、彼らは奮闘していた。

ライラたちも魔法石探しの最中で、そこをレイラたちに襲われたそうだ。

「大樹を直すことは出来ないいんですか？」

「難しいですね。この大樹は錬金術によって生み出されたものです。厳密には木ではありませんし、魔道具でもないですから。元になった素材を把握しているのも、作成者だけです」

「なるほど」

作り方も構造もわからないし伝わっていない。だから直したくても直せないということらしい。

「せめて錬金術スキルを持っている人がいれば……構造を読み取って、修繕することも可能だと思うのですが……」

「街にはいないんですか？」

「残念ながらいません。魔道具作成スキルなら数名いますが、やはり直せないと」

ライラは残念そうに顔を伏せる。大樹が壊れたこと、レイラたちダークエルフに起こった異変。立て続けに良くない出来事が起こって、彼女だけでなく街の人たち全員が疲れているように感じた。

文字通り手が回っていない状況。逆にどれか一つでも解決すれば、一気に良い方向へ進む予感があったりする。

「錬金術……」

さすがの英雄たちの中にも、錬金術スキルを持つ者はいなかった。

そう言えば、彼らも旅の道中で錬金術師に出会っていたな。確かその錬金術師もエルフだった。

もしかしたら無関係じゃないかもしれない。そんなことを思いながら、俺はライラに問う。

「その錬金術師の持ち物とかって、ここに残ってたりしませんか？」

「え？　さすがに残ってはいないと思います」

「そうですか……」

そんなに都合よくはいかないか。

いや、継承に必要な物は、その人が所持した武器や道具、もしくは本人に関わりの深い何かだ。

俺は大樹を見上げる。

「この大樹は錬金術師によって生み出された……なら、これはその人の物だ」

憶測でしかないけど、試してみる価値はあると思う。継承スキルが発動すれば、この街が抱えている問題の一つは解決するかもしれない。

「やってみるか」

「ちょっ、何をするつもりですか？」

大樹へ近づく俺を、ライラが慌てて引き留める。

「今から、その錬金術師に会いに行こうと思います」

「え？　会いに？」

意味がわからずキョトンとした表情をするライラ。アリアたちは今の発言で察してくれるだろう。

俺は徐《おもむろ》に大樹へ手を伸ばす。

そして――継承を開始した。

幕間　錬金術師イスタル

錬金術師、または錬成術師。その力はあらゆる物質の構造、性質を理解し、それらを組み合わせることで新たな物質を生み出すことが出来る。足りない物を補い不必要な物を取り除くことで、ただの鉄屑《てつくず》を光り輝く黄金に変えることとさえ可能だ。

現代より数千年前、エルフ族に双子の兄弟が誕生した。兄の名はエレク、弟の名はイスタルという。双子は生まれながらにして特別だった。なぜなら二人には、錬金術のスキルが宿っていたのだ。

当時から錬金術スキルは希少で、世界中でも数人しか持っていないとさえ言われていた。そのスキルを双子の両方が持っている。それだけでも十分に特別で、エルフの同胞たちは期待した。

やがて二人は成長し、優れた錬金術師となった。錬金術にも種類がある。兄であるエレクは、中でも動物の錬成を得意としていた。凶暴な魔物と温厚で人懐っこい動物を掛け合わせることで、手懐《てなず》け飼い慣らせる強い生き物を錬成し、狩りや街の防衛に貢献した。

対して弟のイスタルは、鉱物や植物の錬成を得意としていた。半永久的に光を放つ石、濡《ぬ》れても錆《さ》びない鉄、傷薬になる蜜《みつ》を出す花。これまで存在しなかった物を生み出し、魔道具師と協力することで、街の発展に貢献していた。中でも一番の錬成物は、魔法石と同じ性質を持つ実が生《な》る大樹だった。

エルフの寿命は七百から千歳。二人は長い年月の中で類まれなる才能を発揮し、エルフの街を発展させた。全《すべ》ては順調だった。平和に、穏やかに日々は過ぎて行った。

呪《のろ》いの王が誕生するまでは……。

◇◇◇

周囲を崖《がけ》に囲われた湖の中心に、私たちエルフが暮らす街がある。始まりは小さく狭い足場しかなかったらしい。そこから地道に陸地を増やし、畑を耕し、建物を建てて居住区を広げていったそうだ。

今では、万を超える仲間たちが暮らす大きな街になっている。私と兄さんは、この街で双子として生まれた。

「おい見てくれイスタル！」

「どうしたの？　兄さん」

私がいつものように自室で本を読んでいると、兄さんが勢いよく扉を開けて駆け込んできた。兄さんは呼吸を荒らげて見るからに興奮気味だった。

「もしかして、また新しく錬成したの？」

「ああ！　これだ！」

そう言って見せてきたのは、手のひらに乗るネズミだった。もちろん普通のネズミではなくて、背中から鳥の羽が生えている。

「こ、これは？」

「ネズミと鳥の羽を掛け合わせた飛べるネズミだ！」

「……と、鳥の羽ってまさか、むしってきたの？」

「もちろん。屋根に止まっていた鳥を矢で射貫《いぬ》いて、ネズミは罠《わな》にはめたんだ」

兄さんは得意げな顔でそう語った。翼を持つネズミなんて見たことがないし、本にも載っていないから世界初だろう。ただ正直、それが何の役に立つのかと口にしてしまいそうになった。

「む？　何だその顔は？　それが何の役に立つと言いたげだな」

「え、い、いやそんなこと思ってないよ？」

表情に出したつもりはなかったけど、兄さんにはわかってしまうらしい。双子だから、お互いの考えることが、口にしなくても伝わることがある。

「ふんっ、お前はまた本を読んで勉強か？」

「うん。今日は植物のことをちょっとね」

「相変わらず真面目《まじめ》というか。そんなもの読まなくても、実際に触れてしまえば構造はわかるだろう？　錬金術のスキルがあるんだから」

「それはそうだけど、事前知識は大事だよ。採取方法とか特殊だったり、そもそも触れることが危険だったりするものもあるから」

私たちは双子で、同じ錬金術スキルを持って生まれた。仲間のエルフや両親は、私たちを似た者兄弟だというけど、私たちからしたら全然違う。

兄さんは生物同士の錬成が大好きだけど、私は錬成の材料にされる生き物が可哀想《かわいそう》だから、一度も試したことがない。兄さんは肉が好きだけど、私は野菜のほうが好きだし、兄さんは運動が得意だけど、私は苦手だ。

似ているのは顔だけで、考えてみれば違うところのほうが多く感じる。だけど、お互いが胸に抱く夢は同じだった。

私たちの夢は、いつか自分たちの手で賢者の石を生み出すこと。錬金術の発動には素材が不可欠で、無からは何も生み出せない。けれども賢者の石はそれを可能にする。ただの言い伝え、にわかに信じ難い伝説だけど、私たちは信じていた。

「私もそろそろ何か作ろうかな」

「おっ、なら俺も次の錬成に挑むとするか！　まずは獲物を狩りにいかないと」

「ほどほどにね」

私たちは同じ夢を追いかけて、互いに刺激し合いながら毎日を過ごしていた。一緒に過ごす時間は楽しくて、あっという間に過ぎて行く。少しずつ夢に近づいている実感はあった。そしてこんな楽しい日々が、百年先も続いてくれることを願っていた。


しかしある日を境に、私たちの毎日は大きく変わってしまった。原因は、呪いの王という存在が世界の果てで誕生してしまったことにある。世界各地で争いが起こり、隠れ住んでいた私たちエルフも、その戦火に巻き込まれてしまった。

ほどなくして、私たちの街にも魔物の軍勢が押し寄せて来た。私たちエルフは狩猟の種族だが、戦いは得意としていない。

街の周囲に罠を仕掛け、結界と兄さんが生み出した生物で防衛していたが、次第に限界が見え始める。

「もっと戦力を強化すべきだ！　魔物でも何でも、使えるものは使ったほうが良い！」

「いいや兄さん、守りを固めるべきだよ。そのために結界だって強化したんだ」

「それじゃ足りないと言っているんだ！」

兄さんは戦うべきだと主張したけど、私はそれに反対だった。いくら武器を持ち、生き物を飼い慣らしても、エルフは戦いを得意としていない。獣人のような身体能力もなく、悪魔のように優れた魔法センスもない。

「エルフの武器は長い時間をかけて積み上げた知恵だ！　これは戦うための力じゃない！　みんなで力を合わせれば、戦わないで済む方法だって見つかるよ！」

「もう遅いだろう！　なぜわからないんだ！」

私たちの意見は反発し合い、どちらも一歩も譲らなかった。エルフ間でも、私と兄さんと同じように意見が割れていた。

そして――

「ついに……ついにやったぞ！」

「兄……さん？」

「見たかイスタル！　これが真の力！　エルフの真の姿だ！」

兄さんは一線を越えてしまった。自らの身体《からだ》を、錬成の素材にしてしまったんだ。他に何を掛け合わせたのかは兄さんしか知らない。しかし、褐色の肌に赤い瞳《ひとみ》は、悪魔のそれと酷似していた。

「どうだ？　これで悪魔とも戦える！　本当の力を手にしたんだ！」

偉業を成し遂げたのだと兄さんは得意げに語っていた。私はもう何も言えなかった。目の前にいるその人が、兄さんではなくなってしまったように思えたから。

それから兄さんは、仲間たちに自分の偉業を伝えた。変化した自らをダークエルフと名乗り、皆にも進化を促した。戦う力を得て、一緒に悪魔たちを打倒しようと。だけど、仲間たちから返ってきた反応は、変わり果てた姿への恐怖だった。

初めは兄さんに賛同していた者たちですら、兄さんの変わりようを見て怯《おび》え、兄さんの呼びかけには応《こた》えなかった。自らの肉体を作り変えてまで、戦いたくないと思ったのだろう。

「どうして理解しない？　戦うべきなんだ！　そこに力があるんだぞ！」

兄さんは叫んだ。それでも返事は変わらなかった。

「そうか……そうかそうか！　ならばもう良い！　お前たちがどうなろうと知ったことではない。生き残るのは進化を果たした者だけだ」

そう言い残し、兄さんは街を去ってしまった。ほんの数名、兄さんに賛同した仲間を引き連れて。

兄さんが去った後、私は結界をさらに強化し、完璧《かんぺき》と呼べるくらいに街の守りを固めた。街そのものの気配を消し、幻影で覆い隠すのに成功したことで、ようやく私は役割を終えた。

それは、結界について知識のない兄が、二度と里に帰ってこられないことを意味していた。


「兄さん……」


いなくなってから、ずっと兄さんのことが心配だった。街のことも放っておけないから我慢していたが、街も心配なくなった。ようやく兄さんを探しに行ける。

私は、兄さんを探すため旅立った。街の外は変わらず争いが続いていて、呪いの王の影響でいくつもの国が滅んでいた。

なるべく戦いに巻き込まれないように、兄さんの痕跡《こんせき》を探した。兄さんは戦うつもりで街を出たんだ。戦地に赴けば、兄さんにも会えるかもしれない。そう考えて、危険を理解しながら戦いが起こっている地を巡った。

道中、恐ろしく強い旅の一団に遭遇した。赤い髪をした女性の剣士は、あっという間に魔物を殲《せん》滅《めつ》してしまった。聞けば天からのお告げを受けて、呪いの王を討伐する旅をしているらしい。これまでに何度も呪いの王の眷属《けんぞく》と交戦したそうだ。

「私と同じ顔で、褐色の肌をしたエルフを見ませんでしたか？」

「いいえ、エルフに会ったのも初めてなくらいだよ」

「そうですか……」

数多《あまた》の戦場を生き抜いた彼女たちなら、あるいは兄さんの行方《ゆくえ》を知っているかもしれない。そんなのは淡い期待でしかなかった。

「もしも見かけたら、私が探していたことを伝えて頂けませんか？」

「ええ、もちろん」

私は彼女たちにお願いをした。彼女たちは先を急ぐらしい。世界の命運をかけた旅をしているのだから、余計な荷物は増やすべきではないのだろう。だけど私は必死だった。

兄さん……どこにいるんだ？

もしかして、もう死んでしまったのか？

どれだけ探しても見つからない。不安に不安が重なって、前へ進むための一歩が重くなっていく。

それでも僅《わず》かな希望を胸に、私は探し続けた。長い時間が過ぎ、世界が平和になってからも、私は歩み続けた。

そうして二度と、兄さんとは再会することなく力尽きた。

第四章　ダークエルフ

遠い過去を生きた双子の記憶。双子だから、同じ才能を持っているからと言っても、同じ存在ではない。当たり前のことを、当たり前だと言いながら、本当の意味はわかっていなかった。

俺が体験したのは双子の弟イスタルの生涯だ。しかし同時に、エレクの生き様も垣間見る《かいまみ》ことが出来た。二人は共に生まれ、共に生き、そして別れた。再会を望んでいたのはきっと、イスタルだけではなかったのだと……そう思いたい。

○継承完了○
所有者の技能、および以下のスキルを獲得。
獲得スキル：『錬金術』

深い眠りから目を覚ます。重たい瞼《まぶた》をゆっくりと開けると、最初に眼《め》に入ってきたのはティアの顔だった。彼女は俺と目を合わせ、ホッとしたように微笑《ほほえ》む。

「お疲れ様です。師匠」

「ああ」

ティアの後ろには大樹が見える。その先には青空が広がっていた。頭の後ろにある感覚は、柔らかいけど枕じゃない。どうやら俺はティアの膝枕《ひざまくら》で眠っていたらしい。

「どれくらい経《た》ったんだ？」

「師匠が眠ってからですか？　大体半日くらいだと思います」

「半日か。ということは、今は朝か」

「はい。ついさっき明るくなってきたところです」

そう言ってティアはこくりと頷《うなず》いた。継承スキルは、道具から持ち主のスキルや技能を受け継ぐことが出来る。それには持ち主の記憶を追体験しないといけないから、完了するまで時間がかかる。以前に英雄たちのスキルを継承した時は、一人につき丸一日が必要だった。今回もそのくらいかかると予想していたが、どうやら半日しか経過していないらしい。

イスタルの記憶は、英雄たちの一生と遜色《そんしょく》がないほど濃いものだった。長さだけで言えば、確実に彼らよりも長かった。それなのに経過した時間は短い。もしかすると、俺と一緒に継承スキルも成長しているのかもしれないな。

「ん、待て？　つまりティアは、半日も俺を膝枕していたのか？」

「違いますよ。私はそうしたかったですが」

と言って、ティアは自分の横に視線を向ける。彼女の視線に誘導され、俺も同じ方向を見た。するとそこには、大樹の根にもたれ掛かって眠るアリアと、アリアに倒れ掛かって眠るマナの姿があった。

「三人で交代して、師匠が目覚めるのを待っていたんです。今はちょうど私の時間でした」

「そういうことか。悪いな、急に始めちゃって」

「大丈夫ですよ。師匠が継承をするつもりだってことは、私たちもわかりましたから」

「そうか」

いきなり何の説明もなしに始めた継承だったけど、三人とも俺の意図を理解してくれたようだ。彼女たちならわかってくれると予想していたことではあったが、実際に予想通りになるとホッとする。

俺はゆっくりと頭を上げ、上体を起こす。タイミングを同じくして、俺たちの元に歩いてくる人影が二つ。

「グリアナさん！　ユーストスさんが！」

「ああ、目覚めたようだな、ユーストス殿」

人影はグリアナさんとライラの二人だった。ライラは俺が目覚めていることに驚き、駆け寄ってきて言う。

「よかったたぁ……いきなり倒れたから心配したんですよ！」

「すみません。ご心配をかけました」

ライラは継承のことを知らないから、突然目の前で俺が倒れて焦ったらしい。

彼女の高い声で、寝ていたアリアとマナも目を覚ます。

「あ！　おはよう先生！」

「おはよう。思ったより早いお目覚め」

「ああ、おはよう。俺もあと半日はかかると思ってた」

「じゃあちゃんと継承できたんだね！」

アリアが目を輝かせて尋ねてくる。俺は得意げな顔で頷いて肯定した。継承は完了し、俺には錬金術スキルが備わった。それにイスタルの記憶を通してわかったこともある。いや、繋《つな》がったというべきか。とにかく継承は上手《うま》く行った。

俺は両脚に力を入れ、のそっと立ち上がる。するとライラが、戸惑ったような表情で俺に話しかけてくる。

「あ、あのユーストスさん。皆さんから継承というスキルのことを聞いたのですが……」

「師匠が眠っている間に、私たちで説明しておきました」

「そうだったのか、ありがとう」

ティアたちが説明してくれたなら、わざわざ最初から説明する必要もなさそうだ。とはいえ、説明したからと言って信じているわけではなさそうだ。次に彼女の口から出てくる言葉は、きっと本当なのですか、という一言だろう。

「ほ、本当なのですか？　この大樹からご先祖様の記憶が読み取れるなんて」

「そう思いますよね」

いきなり言われても信じられなくて当然だ。

「継承スキルは本当です。今俺は、この大樹を通して錬金術師イスタルの記憶と力を受け継ぎました」

「錬金術師……イスタル様……」

「はい。証拠は今からお見せします」

そう言って俺は大樹と向かい合う。改めて見ても大きいし、すごい迫力だ。これだけの物を作り出したイスタルは、英雄たちに負けず劣らず偉大な人物だった。

俺はイスタルの記憶を思い出しながら、両手で大樹の根に触れ、錬金術スキルを発動させた。

「大樹が光を……」

淡い光を放ち始めた大樹を見て、ライラがぼそりと呟《つぶや》いた。錬金術スキルのお陰で、大樹を構成する要素がわかるようになった。

この大樹の元になっているのは、元々ここに生えていた大きな木と、当時エルフたちが所持していた魔法石の中で、ひと際大きく純度が高いもの。さらに湖の水と、植物も十数種類。鉱物もいくつか使っているようだ。

「凄《すご》いなまったく。こんな組み合わせを思いつくなんて」

イスタルは努力家で、様々な文献から知識を収集していた。それらの知識を合わせ、僅かなひらめきと融合させることで、この大樹を発想したわけだ。彼の記憶を体験したから、そこにどれほど深い思考があったのかを知っている。

彼のことを一言で表す言葉がある。努力を否定するみたいになるから、あまり好きではない言葉だけど、他に表しようがない。まさしく彼は天才だった。

「よし……傷ついているだけで、素材が欠けたわけじゃないな。これなら組成を整えるだけで修復できる」

錬金術は物質の構造を理解し、それを一時的に分解して、再構成する。大樹の構造を理解して、壊れた箇所を一時的に分解。不足した素材があれば再構成の際に足さなければいけないけど、今回は必要ない。

「これで——元通りだ」

再構成が完了し、大樹が放っていた淡い光が眩《まばゆ》いほど強くなる。あまりの眩《まぶ》しさに、その場にいた全員が一瞬目を閉じてしまった。

次に目を開けた時、大樹の葉が緑色に輝き、枝の先にはたくさんの実が生《な》っていた。さらに街全体を半透明な壁が覆っている。

「結界が直っている？　じゃあ大樹は本当に！」

「ええ、直りましたよ。見ての通りに」

ライラは元気になった大樹を見上げる。嬉《うれ》しさのあまり、その瞳《ひとみ》は涙で潤んでいた。そこへ大樹の異変に気付いたエルフたちが集まってくる。中心にいるのはクルトさんだ。

「こ、これは一体……」

「クルト様！　見てください大樹が、大樹が直ったんです！」

困惑するクルトさんにライラが駆け寄り、涙を流しながらそう伝えた。クルトさんはライラと大樹を交互に見てから、俺と視線を合わせる。

「ま、まさか……」

「そうですクルト様！　ユーストスさんが直してくれました！　イスタル様の力を受け継いで、それで直してくれたんです」

「イスタル様？　力を受け継ぐ？」

継承を知らないクルトさんは困り果てたように眉《まゆ》を顰《ひそ》めて俺を見る。

「その辺りは後で説明します。とにかくこれで大樹は元通り、結界も復活したので、もう外に魔法石を探しに行く必要はありませんよ」

「おお、おお……そうか。直ったのか、大樹は」

「はい！　直ったんです」

ライラの涙につられてか、クルトさんの瞳も潤み始めていた。彼らだけではない。他のエルフたちの中にも、感極まって泣いている者がいる。それだけこの大樹が、エルフにとって大切な物だったということだろう。

「これでようやく……終わったのだな」

「いいえ、まだ終わってはいません。問題はもう一つ残っているでしょう？」

俺がそう言うと、ライラは涙を拭《ぬぐ》いながら俺のほうへ顔を向ける。目が合った彼女に、俺はやさしく微笑《ほほえ》みかける。

「ユーストスさん？」

「君の妹レイラ、ダークエルフのことが残っている」

俺に言われてライラは大きく両目を見開く。忘れていたわけではないだろうが、大樹が直った喜びが大きかったのだろう。レイラの名前を出したことで、彼女の涙は止まった。

「ダークエルフの問題が解決するまでは、全《すべ》て元通りとは言えない」

「そう……ですね」

「そんな顔しないで。ちゃんと方法はあるから」

レイラのことを思い出して落ち込んだライラは、方法があるという言葉を聞いて目を丸くする。

「ほ、本当ですか！」

「ああ。イスタルの記憶を体験してわかったんだ。どうしてダークエルフが生まれたのか……レイラに起こった異変の理由も」

その理由は、俺たちの旅にも無関係な事柄じゃない。放置しておけば、いずれもっと良くないことが起こるだろう。世界のためにも、彼女たちのためにも、ここで解決しておかなければならないことだ。

「だから皆さん、お願いがあります。今から言う素材を用意してください！　ダークエルフたちを、数千年の呪縛から解き放つために！」

◇◇◇

大樹が直ってから一日半が経過し、夜空には丸い月が輝いている。エルフの里を囲う崖《がけ》の上は森になっていて、夜は薄暗くて特に危険だ。魔物も多く、普段は決して立ち入らない。しかしそれはエルフだけ、夜目が利くダークエルフには関係ない。

「師匠、いました！　ダークエルフの男性一人、女性二人です」

「ありがとうティア。確認する」

俺は千里眼を発動して、ティアが指さした方向を覗《のぞ》き込む。確かにダークエルフ三人が、武器を手にして徘徊《はいかい》していた。距離が離れていて森の中、向こうはこちらに気付いていない。

「最初だし俺が試すよ。ライラもそれでいい？」

「はい。お願いします、ユーストスさん」

俺は頷き、腰に携えた矢筒から三本の矢を抜く。純白のガラス細工のような矢を右手に、左手には魔法弓を生成した。三本の矢をそれぞれの指の間に挟み、魔法弓の弦を引く。

「やり方は練習の時と同じだ。矢に魔力を纏《まと》わせてコントロールする」

矢が白い煙のようなオーラを纏う。木々が生い茂る森の中、真っすぐ撃っても木や枝に当たってしまう。だから矢の軌道をコントロールして、木々を躱《かわ》しながら当てる。

「こんな風に」

引きしぼった弦を放す。放たれた矢は木々をよけ、遠く離れたダークエルフたちを目掛けて飛ぶ。

「ん？　なっ――」

矢が風を切る音に反応した一人が、次の瞬間には胸を矢で貫かれていた。気付いたところで目の前に矢が迫り、躱すことは不可能だ。続けて二人にも矢が命中し倒れ込む。

彼らに突き刺さった矢が氷のように溶け始める。白く光る液体になった矢がダークエルフの身体《からだ》を包み込み、細胞の一つ一つに浸透していく。この矢は彼らを傷つけない。彼らの中で優しく広がり、呪《のろ》いの力が宿った部分だけをはじき出す。

「三人とも命中した。見に行こう」

俺たちは駆け足で倒れたダークエルフの元へ向かった。到着した時には光の液体はなくなり、矢が刺さった箇所に傷は残っていないことを確認する。

そして、三人のダークエルフたちが目を覚ます。

「ん……ぅ、ここは？」

「何で私たちこんな所にいるの？」

「確か私……里にいて……」

三人の様子を窺《うかが》うに、どうやら記憶が曖昧《あいまい》になっているようだった。うち一人は里で暮らしていた女性で、話を聞くことが出来た。

その女性は里を出てからのことを語る。

「何も覚えていなくて……ただ、あの時誰かが呼んだ気がするんです」

「誰かが？　その声は今も聞こえますか？」

俺の質問に彼女は首を横に振って答える。その反応を確認して、ライラが俺と目を合わせる。

「ユーストスさん」

「ああ。ちゃんと予想通りだ。矢の効果も発揮されてる」

「それじゃレイラも！」

「間違いなく、呪いの影響を受けているね」

◇◇◇

「ユーストスさん！　薬草をとってきました！」

「ありがとう！　そこに置いておいてほしい」

「はい！」

大樹を直した後、俺たちはエルフたちの協力を得て素材集めに勤《いそ》しんでいた。必要な素材は全部で九種類。

大樹に生る実の欠片《かけら》、大樹の葉、エルフの血液、聖水、薬草五種。これらを錬金術スキルで合わせ、矢の形に再構成する。

錬成を続ける俺の傍らで、ライラが手伝いながら疑問を口にする。

「これで本当にレイラたちは元に戻るんですか？」

「おそらくだけどね。俺が持っている記憶の通りなら、彼女たちに起こった異変の原因は呪いの王だ」

イスタルの記憶を通して、ダークエルフの誕生について知った。ダークエルフの元は、イスタルの兄であるエレク自身だ。彼は自分を素材に錬成を繰り返し、新たな肉体を手に入れた。そして賛同する仲間のエルフをダークエルフに変えた。

彼は仲間をダークエルフにする際に、自身の細胞を材料に使っている。つまり、ダークエルフの中にはエレクの因子が含まれている。そしてその因子は……現代のダークエルフにも受け継がれている。

ここまでがイスタルの記憶でわかった事実。この先、彼がどうなったのかをイスタルは知らない。旅の果てに、彼らは再会することなく生涯を終えたから。だけどイスタル以外に、エレクのことを知っている者を、俺は知っている。

「剣聖ユリアス。彼女は呪いの王を倒す旅の途中で、一人だけダークエルフと戦っている。そのダークエルフの名は……エレク。イスタルの兄だった」

一人敵陣に切り込んだユリアスの前に現れたエレクは、呪いの王の眷属《けんぞく》になっていた。どういう経緯で、彼が眷属になってしまったのかはわからない。ただ彼は、ユリアスとの戦いの最中《さなか》にこう言っていた。


力……圧倒的な力が欲しかった。俺に賛同しなかった奴《やつ》らに、俺が正しかったんだと認めさせたかった。そしたら誰かが語りかけてきたんだ。

その呼びかけに応《こた》えたお陰で、俺はこの力を手に入れたんだ。


エレクは力を欲していた。根っこの理由は、エルフの里を守るためだったはずだ。けれど彼は仲間たちに拒絶され、自分を選ばなかった同胞を恨んでいたようだ。その恨みに呪いの王は付け込み、彼を眷属にした。

そして彼の因子を通じて、全てのダークエルフたちは繋《つな》がっている。結果的に他のダークエルフたちにも、呪いの力が宿ってしまった。

しかし、エレクはユリアスに倒された。後に呪いの王も倒されたことで、ダークエルフたちに宿る呪いの力は沈静化された。

「それでもずっと残っているんだ。エレクの因子はダークエルフの中に残り続けている。呪いの王が現代で復活を遂げようとしている今、その影響を受けてしまったんだろう」

レイラは異変が起こった直後、誰かと話しているようだったらしい。おそらくそれは、呪いの王の声だったのだろう。エレクの因子を通して、呪いの王が彼女に語り掛けていた。もしくは、因子の中にエレクの意志が残っているのかも……。

「どっちにしろ、問題はその因子だ。呪いは完全に進行すれば助けられない。だけど彼女たちの場合は違う。呪いを受けた因子を持っているだけ、今のところはだけど」

彼女たちの身体が呪いを受けているのではなく、彼女たちの持つ因子が呪いを受けている。簡単に言えば、身体の中に異物が入り込んでいるような、そういう状態にある。だったらその因子だけを取り除けば、彼女たちを正気に戻せる。

「理屈はわかりました。でも……」

「現実に可能なのか、だよな。大丈夫、今なら出来る。イスタルの……錬金術の力を手に入れた今なら、作り出せる」

不安げなライラを安心させるように、そう強く口にする。

そうして錬成した矢は百本。仕上げに聖女の祈りを加えて完成した。

◇◇◇

ダークエルフ三人を助けた俺たちは、一度里へと戻った。今回の目的は、矢の効果を実際に確認することと、ダークエルフの拠点を知ること。

ダークエルフは本来、定まった拠点を持たないとされている。三人から五人程度の少人数で行動し、常に森を転々としているそうだ。しかし今、呪いの王の力に影響されていることで、ダークエルフたちは組織だって行動している。

里に戻ってから拠点を聞き出し、残りを助け出すための準備に取り掛かった。話によると彼女たちは、夕方の決まった時間に必ず拠点で集合するらしい。そこを狙《ねら》えば、一度に全員を助け出すことも出来る。

「矢の数には限りがあります。無駄に出来ないので、弓の腕に自信がある人だけ協力してください。魔法弓を使える人もお願いします」

俺の呼びかけに応えたのは十五人、そのうちの一人はライラで、彼女も魔法弓が扱えるそうだ。

準備を整えて、俺たちは目的地へ向かう。ダークエルフの拠点は、崖を越えた森の奥。小さな湖の辺りにあるそうだ。

「アリアとグリアナさんは戦闘になった時の壁役、マナは魔法で逃げ場をなくす」

「了解！」

「心得た」

「まかせて」

道中、作戦の確認をしながら進む。弓を使わない彼女たちは、基本的には俺たちのサポートに回ってもらう。今回の作戦の要は――

「俺とティアで、対応が早い相手を狙撃する」

「は、はい」

「緊張してるか？」

聞くまでもなく、ティアは緊張しているようだ。手に力が入って、僅《わず》かに震えているのが見える。

錬成した矢は全部で百本。すでに三本を使って、エルフの皆には三本ずつ配ってある。残りを半分ずつ、俺とティアが受け持つ。

「大丈夫だ、今のティアなら外さない」

「師匠……」

「そう確信してるから、残りの矢を任せたんだ。自信を持って」

「……はい！」

緊張するティアを励まして、俺たちは目的地付近まで到着する。先に千里眼で確認すると、簡易的な居住区が湖の岸辺に出来上がっていた。ダークエルフの姿も確認できる。

「人数は……大体七十人くらいかな」

先に助けた女性が教えてくれたのと同じ。時間もぴったりだし、どうやら全員が集まっているようだ。

「じゃあ後は作戦通りに行こう」

作戦はいたってシンプルだ。まずはエルフたちが弓の射程内まで近づく。そこから一斉に矢を放ち、直後にアリアとグリアナが前衛、俺とティアが後衛で乗り込む。マナはエルフたちの護衛と、遠距離からの支援に徹してもらうために待機。

作戦に沿ってゆっくり近づき、全員が弓矢を構える。

「三、二、一――今！」

俺の号令に合わせて一斉に矢を放つ。木々の合間を縫って飛ぶ矢が、ダークエルフたちの身体《からだ》に命中する。

「な、何だ？」

「敵襲！　敵襲！」

武器を持って構えるダークエルフたちを確認して、アリアとグリアナが剣を構え、彼らの前に立ちはだかる。

「ごめんね！　痛いのは一瞬だけだから！」

「そのセリフは誤解を招くぞ……」

呆《あき》れるグリアナさん。その直後に背後の森から第二射が放たれる。次々に射貫《いぬ》かれ倒れていく仲間たちを見て、一部のダークエルフが逃げ出そうとする。

「アイシクルレイン」

そこへ降り注ぐ氷の柱が、彼らの拠点をぐるりと囲い逃げ場を塞《ふさ》ぐ。

「よくやったマナ！　いくぞティア」

「はい！」

俺とティアが同時に複数の矢を放ち、ダークエルフたちを射貫いていく。俺たち二人の役割は、武器を持つ者と、後方から狙えない位置にいる者を優先して狙うこと。そのために矢の過半数を所持している。

俺たちはアリアとグリアナを前衛にしたまま、彼らの拠点を駆けまわる。魔法弓の矢と違って、実物に力を纏《まと》わせているから連射は出来ない。地道な作業を繰り返し、一人ずつ倒していく。

幸いなことに奇襲が成功して、ほとんど反撃を受けていない。ユリアスの記憶にある通りなら、ダークエルフは身体能力と攻撃魔法に優れていた。それを発揮される前に倒す。作戦通り、順調にことは進んでいる。

「くそっ、何なんだ一体！」

視界の端に、ライラの妹レイラの姿が入る。しかし優先すべきは戦闘態勢に入った者たち。彼女はまだ慌てていて、その対象ではない。気になりはしたが、後回しにするつもりだった。

「駄目！」

しかし突然、マナの声が森から響いた。叫んだ声の理由は、レイラの目の前に現れたことでハッキリする。

「レイラ！」

「ライラ……」

ライラが妹を見つけて、いてもたってもいられなくなったのだろう。作戦では森から出ることはなかったが、彼女はそれを無視してレイラの前に飛び出した。

「はっ！　まさかそっちから攻め込んでくるとはな」

「大丈夫だよレイラ、今すぐ目を覚まさせてあげるから！」

「目を覚ます？　あたしはずっと起きてるよ！」

ライラが魔法弓を構え、レイラに向かって矢を放つ。正面から真っすぐ放たれた矢は、レイラにとって躱《かわ》すのは容易《たやす》かった。ヒラリと身を捻《ひね》って躱し、そのままライラの懐に潜り込む。

「そんなのに当たるか！」

「うっ」

レイラの重いパンチがライラのお腹《なか》に炸裂《さくれつ》し、そのまま後方へ吹き飛んで倒れてしまう。それを見ていたティアが俺に叫ぶ。

「師匠！」

「ああ！　こっちは任せた」

俺はティアたちから離れてライラの元へ向かう。吹き飛んだライラはお腹を押さえて倒れたまま起き上がれない。

「ごほっ、う……レイラ」

「これで終わりだよ、ライラ！」

レイラが力いっぱい地面を蹴《け》り、動けないライラに跳びかかろうとする。

「――剣の雨よ」

二人の間に境界線を引くように、十数本の剣が地面に突き刺さる。俺はあの時と同じように、突き刺さった剣の柄《つか》に飛び乗る。

「こんばんは、また会ったね」

「ユース……トスさん」

「お前は……また……またお前かぁ！」

レイラは俺を見るなり激しい怒りを露《あらわ》にする。威嚇する猛獣のように鋭い目になって、俺を睨《にら》み拳《こぶし》を強く握る。

「何度も何度も邪魔して！　今度こそぶっ潰《つぶ》してやる！」

「悪いけど、もう終わってるよ」

「は？　何を言っ――て？」

臨戦態勢に入ったレイラだったが、すでに彼女の背には矢が刺さっていた。エレクの因子だけを弾《はじ》く特製の矢が。

「いつの……間に？」

「ここに来る直前に矢は放っておいたんだ。あとは会話で時間を稼いだだけ……ごめんね」

「くっそ……」

どさりと音をたて、レイラは倒れ込んだ。それとほぼ同じくして、ティアたちが作戦を終えたようだ。俺が彼女たちのほうを見ると、元気いっぱいに手を振るアリアの姿があった。

「せんせー、終わったよー」

ティアも終わったことでホッとして、胸に手を当てている。これで本当に、エルフたちが抱えていた問題は解決した。

「う、ううう……」

そう思った時、レイラが苦しみ始めた。

「レイラ?」

「何だ?」

レイラの身体から黒い炎のようなオーラが漏れ出ている。魔法ではない。見ているだけで背筋が凍るような禍々《まがまが》しい力。

「うううあああああああああああああああああああああ」

レイラの全身から溢《あふ》れるオーラは強まり、激しく燃え上がるように膨らみ彼女から飛び出した。飛び出た漆黒のオーラは月を背に留《とど》まり、人間の形に変化していく。

「レイラ！　しっかりしてレイラ」

ライラがレイラに駆け寄り、彼女の名前を必死に呼びかけた。するとゆっくり、レイラの意識が戻っていく。

「……え、ライラ？」

「レイラ……良かった。無事で……本当にもう……」

ライラは大粒の涙を流す。感動の再会ではあるが、想《おも》いに耽《ふけ》っていられる場面でもなかった。俺の元にアリアたちが合流し、森からマナたちも出てくる。全員の視線は、禍々しい空のオーラに向けられていた。

「師匠、あれは一体……」

「間違いなく呪《のろ》いの力だな。それにたぶん、俺の想像が正しいならあのオーラの正体は……双子の兄、エレクだろ？」

俺がオーラに呼びかけると、人型で口に当たる部分が僅かに動いたように見えた。漆黒の炎のようなオーラはすでに、燃え上がる人型に定まっている。

あの人型には意思がある。そして声も発する。

「ようやく……ようやく戻ってきたのだ！　また、また邪魔をされるとはなぁ！」

「やっぱりエレクか。因子の中に隠れていたか？　レイラに宿っていたのは、同じ双子だから共鳴でもしたのかな？」

「お前……お前はあの時の剣士！　イスタルもいるじゃないかぁ」

エレクは一目で俺の中にある力を見抜いた。錬金術スキルに物質の性質を読み取る力があるけど、それが呪いの王の力で強まっているのか。

「何度……何度何度何度何度なんどぉ！　邪魔すれば気が済むんだ！」
「何度でも邪魔するよ。お前が呪いに冒されている限り」
「ふざけるなぁ！　許さない……イスタル！　お前は、お前だけは味方だと思っていたのに……裏切ったんだぁ」

会話が成り立っているように思えたが、実際はそうでもない。彼が発する言葉は、恨み言ばかりで、その矛先は俺ではなく、イスタルやユリアスに向いている。今のエレクは単なる呪いの塊で、意志ではなく恨みで動いているようだ。

「悪いけど、その恨みは受け止められないな！」

俺はエレクに矢を放つ。ダークエルフを救うために作った特製の矢だが、その性能ならエレク自身にも有効なはず。

「うおあああああああああああああああああああ」

しかし矢は届く前に、彼の雄叫《おたけ》びによって弾かれてしまう。地響きがするほどの雄叫びに晒《さら》され、エルフたちは恐怖で膝《ひざ》をつく。

「許さん、許さん！　お前たちには帰る場所があるのに……俺にはない！　俺には何も残っていない。だから壊してやる……お前たちの……お前の帰る場所も！」

エレクが両手を左右に広げると、周囲から魔力が流れていく。ダークエルフたちから魔力を吸収しているようだ。

「っ、転移してエルフの里を襲うつもりか？　残念だけど結界は復活してるぞ」

「もっと……もっといる……遠いからなぁ～」

「遠い？」

膨大な魔力が集まっていく。あれだけ集まっていれば、ここから王都にだって飛ぶことも可能だろう。

「まさか王都に行くつもりか⁉」

エレクがニヤリと笑い、魔力の吸収を止《や》める。そして――

「絶望しろ」

一言だけ言い残し、エレクは忽然《こつぜん》と姿を消した。アリアが驚いて声を上げる。

「い、いなくなった？」

「違う……転移した。凄《すご》く遠くに」

「マナの言う通りだ。おそらくあいつは……王都に転移した」

「そんな……師匠！」

さすがに予想外だ。さっきまでイスタルやユリアスに恨みの矛先を向けていたのに、ここにきて俺に全《すべ》てぶつけるつもりか。

ここから王都まで、どれだけ急いでも一瞬では移動できない。転移は可能だが、移動には膨大な魔力がいる。回復の術式を使っても時間がかかりすぎる。

「絶望しろ……か」

確かに絶望していただろう。俺が一人だったなら……。

「大丈夫。俺の中には、天の眼《め》と呼ばれた英雄がいるから」

幕間　【天眼】アルテミシア・ローレライ

　彼女は一国の王女として生まれた。高貴なる佇《たたず》まいに、男女問わず目を奪われるような美しい容姿。国を思う心は誰《だれ》よりも強く、常に国の繁栄と平和のことを考えている。そんな彼女のことを民は愛し、彼女もまた民を愛していた。

　しかしある日を境に、平和だった世界に激震が起こる。呪いの王が誕生し、魔族と人間の戦争が勃発《ぼっぱつ》した。戦火はたちまち世界中に広がり、彼女の国も巻き込まれてしまう。

　戦力差は圧倒的だった。呪いの力を得た魔族たちに為《な》すすべもなく滅ぼされていく国々。一つ、また一つと大国が沈む中、誰もが絶望し未来を諦《あきら》めかけていた。

　それでも尚《なお》、希望を捨てずにいた女性だった。

　彼女の名はアルテミシア・ローレライ。天に選ばれし六人の英雄の一人であり、人類最後の国家の姫だった。

　アルテミシアは優れた射手だった。幼少の頃《ころ》から王城で訓練を重ね、弓の精度では並ぶ者なしとさえ言われた。その力で多くの者たちを、仲間を救ったが、旅の道中も王国のことを常に案じていた。

　たとえどれだけ距離が離れていても、愛する国の窮地となれば、彼女の放った矢が天から降り注ぐ。故に彼女は、【天眼】と呼ばれた。

◇◇◇

アルディア王国は、世界中の国々で最も大きく、最も美しい国だ。優れた人材が多く集まり、日々発展を続けている。わたしはアルディア王国の王女として、恥ずかしくない人間になりたい。常にそう思っていた。

言葉遣いに振る舞いはもちろんのこと、武芸の鍛錬にも力を注いだ。ある日、わたしに仕える護衛の騎士が、稽古《けいこ》に励むわたしにこう言った。

「お言葉ですが姫様、武芸の稽古など貴女《あなた》には不要だと思います」

「それはどうしてかしら?」

「貴女はわが国の姫です。陛下と並び、象徴であるお方です。貴女をお守りすることこそ我々騎士の務めなのです」

「ありがとう。貴方《あなた》が言うことは尤《もっと》もだわ」

彼がわたしの身を案じ、騎士としてわたしを守りたいと心から思ってくれていることはわかった。それを嬉《うれ》しく思うけど、わたしは首を横に振る。

「それでもわたしは、この国を守れる人間になりたいの。もしも目の前で、貴方や国民の誰かが傷ついていて、助けたいと思っても、助ける力がなければ何も出来ないでしょう? そうなった時に、わたしはちゃんと助けられるようになりたいわ」

「姫様……」

「貴方の心配はわかるわ。だけどわたしだって、貴方に負けないところもあるわ」

「……そうですね。確かに姫様には武術の才能があります。特に弓の扱いに関しては、この国で一番かもしれません」

彼は呆《あき》れながら穏やかにそう言ってくれた。わたしは彼が見ている前で弓を構え、遠く離れた的に矢を命中させてみせる。それを彼は拍手と言葉で称《たた》える。

「お見事です」

「ありがとう」

「以前から思っていたのですが、なぜ姫様は弓術の鍛錬を多く積んでおられるのですか？　他の武芸よりも鍛錬の時間が多いですよね？　やはり得意だからでしょうか？」

「違うわ。わたしだって、最初から弓が得意だったわけじゃないもの」

彼は驚いたように目をパチッと見開く。彼は一年ほど前からわたしの護衛に付いている。だから訓練を始めたばかりの頃を知らない。

最初は、近くの的に当てるだけでも失敗していた。魔法弓が扱えるようになったのも、つい最近の話だったりする。

わたしは懐から小さな矢を取り出す。子供が練習に使う矢で、魔法弓を修得した今となっては使うべくもないものだ。

「これは子供の頃、初めてわたしが的に当てた矢なの。これが刺さったのは一〇八回目のことだったわ」

わたしは当時を思い出して、苦笑を浮かべた。子供用とはいえ先端はしっかり尖《とが》っていて、これで練習するとなっただけでも周囲が大騒ぎしていた。それも今となっては良い思い出だ。

「弓は遠くの的にも当てられるわよね？」

「ええ、そうですね。魔法弓なら、極めれば何十キロも離れた場所まで届くと聞きます」

「そう。わたしには千里眼もあるから、もっと遠くの的だって届く。どれだけ離れていても、困っている人がいたら助けられる」

「なるほど。姫様らしいですね」

彼はそう言って感心していた。アルディア王国は、王城の外に広がっている。小さな人間のわたしでは、届かないほど遠くまで続いている。困っている人はたくさんいるだろう。誰かが窮地に陥っているかもしれない。そんな時、救える力が欲しかった。

「本当は、こんな力を使わなくて良いほうが……ずっと嬉しいわ」


だけど、わたしが力を使う機会は、予想以上に早くやってきてしまった。

王国から遠く離れた地で、呪《のろ》いの王と呼ばれる災厄が誕生してしまった。それをきっかけに、魔族たちが人間の領地に侵攻を開始した。

たちまち戦火は広がり、アルディア王国も標的になってしまう。

王女であるわたしは、実際の戦地に赴くことは許されない。それでもこの国を守りたい。

わたしは王城から毎日、遠く離れた王国の防衛線に向けて、魔力の矢を放ち続けた。

騎士たちも頑張ってくれたお陰で、アルディア王国は何とか持ちこたえていた。しかし小さな国から順番に潰《つぶ》されていく。気付けば最後の国となり、王都は避難民で溢《あふ》れかえっていた。

「このままじゃ私たちの国も……」

「もう終わりだ……」

圧倒的な力を持つ魔族たちを前に、人間の力はとても弱々しかった。怯《おび》える人々の多くは、すでに絶望にかられ諦めてしまっていた。

それでも……。

「わたしたちは生きているの。まだ……生きているのだから」

諦めるわけにはいかない。ここはわたしの国で、民たちはわたしの家族に等しい存在だ。何のために力を付けたのかを思い出す。きっと、この時のためだったに違いない。その時、天からの光が差し込んだ。

最後に残ったこの地に——予言に従って六人の英雄が集う。

そうして、天に選ばれし者たちが王都に集まった。中にはわたしもよく知る者たちがいた。わたしは彼らと対面して思った。この者たちとなら、諸悪の根源を絶ち、世界に平和をもたらせるはずだと。

そうしてわたしたちは、呪いの王を打倒するための旅を始めた。王女であるわたしが、国を長く不在にする機会は、後にも先にもこれだけだろう。

旅を続けていくつもの戦場を乗り越えた。仲間たちとの絆《きずな》も深まり、互いに互いを守り合いながら生き抜いていた。

「王都のことが気になりますか？　アルテミシア姫」

「クラン」

夜空の下で休んでいるわたしの所に、クランがやってくる。彼はわたしの隣に腰を下ろし、わたしが見ていた方角を見つめながら言う。

「よく王国のあるほうを見ていますよね？」

「ええ、よく気が付きましたね」

「見ていればわかりますよ。やっぱり心配ですか？」

「……そうですね」

彼とは特に色々な話をした。彼が仕えていた王国のことや、救えなかった婚約者の話も教えてくれた。守りたいものがあって、そのために努力を重ねたことも。

「わたしは……あの国の王女ですから。どれだけ離れていても、その事実だけは変わらない。あの国で暮らす人たちが健《すこ》やかに日々を過ごせること……それがわたしの願いです」

「……はい。オレもそうあってほしいと思います」

そのために、わたしたちは旅を続けている。行く手を阻む呪いの王の眷属《けんぞく》たちを打倒し、少しずつ確実に一歩を踏み出していく。

天に選ばれた者の一人として、愛する国の姫として。


そんなある日の夜、事件は起こった。一人の眷属が率いる軍勢を相手にしていた時だ。人数差は圧倒的だったものの、皆の力で戦況は有利に傾いていた。

あと少しで決着がつく。油断も驕《おご》りもなく、順調にことは運んでいた。そこへ最悪の知らせが舞い込んでくる。

「おっと……これはよくないことが起きたね」

「ローウェン？」

「悪い知らせだよアルテミシア。アルディア王国の王都に魔族の軍勢が押し寄せているらしい」

ローウェンから告げられた事実に、わたしは思わず言葉を失ってしまう。その情報は敵から手に入れたもので、彼曰《いわ》く確かなものらしい。

現在地と王国の距離は数千キロ。千里眼でもギリギリ見える距離だが、届かせる攻撃手段がない。ソロモンの転移魔法も、距離が離れすぎていて魔力が足りないという。

助けに向かうことは不可能。王国は今にも、魔族たちに蹂躙《じゅうりん》されようとしていた。わたしの愛する者たちが窮地に立たされている。こんな時のために、わたしは力を磨いてきた。

「わたしは王女……アルディア王国を守る王女よ」

わたしは弓を構えた。呪いの王の眷属は、わたしを馬鹿だとあざ笑う。そんな言葉なんて耳には入らない。この時のわたしが考えていたのは、王国の民を守ることだけだった。

そんなわたしを見て、ローウェンが気が付く。

「ああ、そうか。あのスキルを使うんだね」

「ええ！　ローウェン、貴方に最上の感謝を贈ります」

ローウェンには『スキル進化』というスキルがある。そのスキルの力で、わたしは元々持っていた『星の加護』を進化させた。この力と千里眼に、魔法弓スキルがあれば王都を救うことだって出来る。

そしてもう一つ、わたしは懐に忍ばせていた子供用の矢にそっと触れた。魔法弓を扱う今、唯一わたしが身に付けている実物の矢。わたしの弓の原点。

必中の、おまじない。

そうしてわたしは矢を放った。夜空に輝く満天の星に向かって。この力は、修練に修練を重ねることで手に入れたわたしの全《すべ》て。夜空に放たれた矢は星々の輝きに消える。

そして——無数の矢が王都の暁の空から降り注いだ。

昇る朝陽《あさひ》に先駆けて天から降り注ぐ光の矢は、次々に魔族たちを撃ち抜いていく。助けられた人々は、空を見上げながら口にする。

「姫様……きっと姫様だ！」

「ああ！　アルテミシア様の矢が、私たちを守ってくださったんだ！」

それを千里眼で見届けたわたしは、深く安堵《あんど》のため息を漏らしながら、魔法弓を解除した。

すでにこちらの戦いも片が付いたようだ。隣にクランがやってきて、声をかけてくれる。

「……守れましたか？」

「ええ、間に合いました」

「そうですか……流石《さすが》、ですね。【流星】では間に合わない距離でした」

クランは悔しそうに続ける。

「オレは、オレの限界を痛いほど知っています。オレが駆け付けられる範囲しか守れない。でも、アルテミシア姫、貴女は違う。オレが天を翔《か》ける星だとすれば、貴女は天そのものだ。それが羨《うらや》ましくもあり――誇らしく思います」

その日からわたしは、【天眼】と呼ばれるようになった。その眼《め》は天から王国を見守って、愛する者たちを守り続けるだろう、と。

This adventurer is the strongest in the human history

【天眼】
アルテミシア

継承遺物 Relics

・錆びた鏃・
かつて弓術の練習で使用し、初めて的に当てたときの子供用の矢の一部。国を、民を守りたい——その想いの原点が宿る、必中のおまもり。

人物像 Profile

人類最後の国、アルディア王国の王女にして、その絶対の守護者たる射手。魔族の襲撃に際しても、彼女は王城から連日、辺境の防衛線を魔力弓で支援し、その襲撃を退けた。交戦中に突然天から降り注ぎ、敵のみを正確無比に打ち抜いていく光の矢の雨を、ある兵士は「天罰」と表現した。彼女の強さの根源は、並ぶ者なしと称される弓の精度と、『千里眼』スキルによる圧倒的な索敵能力にある。その弓は厄災討伐の旅の最中でさえアルディア王国を支え続け、ついぞ魔族が王国陥落を成し遂げる日は来なかった。

主要能力 Main Skill

・『魔法弓』・
自身の魔力で光の弓を生成するスキル。魔力で生み出す弓と矢はそれぞれに性質が調整でき、連射したり、射程距離を伸ばしたりすることが可能。

・『千里眼』・
数千キロの彼方さえ見通す、桁違いの視覚補助能力。遮蔽物の向こう側や、他人の魔力さえも視認することができる。

CHARACTER

第五章　天壌の射手

エレクがいなくなった夜空には、無数の星々が輝いている。吹き抜ける風の音が聞こえて、それが心地《ここち》良いと思えるくらいには、俺の心は落ち着いていた。

対照的に、アリアたちは動揺し慌てている。千里眼で確認したが、エルフの里にエレクの姿はなかった。あの口ぶりと膨大な魔力を考えても、エレクが転移した先が王都である可能性は高い。いや、状況的にはそうとしか考えられない。

「ユーストス殿！　奴《やつ》が王都に転移したと……それは事実なのか？」

「ええ。あの魔力量なら王都への転移も可能でしょう」

俺はグリアナさんに説明する。そもそもエレクは肉体を持っていない。あれは力と意志が融合したような状態で、霊的な存在に近いだろう。肉体を持たない状態であれば、転移にかかる魔力も抑えられる。加えて呪《のろ》いの力を持っているなら、王都への転移も難しくはないはずだ。

「そんな……我々も移動できないのか！　奴がやったように！」

「残念ながらそれは無理です」

「無理……だと？」

俺はこくりと頷《うなず》く。するとグリアナは恐ろしい権幕で俺に叫ぶ。

「ならばどうして平然としていられる！　このままでは王都が蹂躙されてしまうのだぞ！」

「グリアナさん落ち着いて！」

アリアが興奮するグリアナさんを必死で宥《なだ》めようとする。グリアナさんは王国に属する騎士の一人だ。騎士として王国を守りたいという気持ちは、俺たちよりも強いかもしれない。だからこそ、大切な場所が危険に晒《さら》されていると知って、冷静さを失いかけている。

「心配しないでください、グリアナさん。ここからでも王都は守れます」

「手があるというのか？」

「はい」

俺は頷いてから、ティアのほうへ視線を向ける。彼女なら、俺が何をしようと考えているか想像がつくだろう。

「師匠はアルテミシア様の技を使われるつもりですか？」

「ああ。彼女の奥義なら、エレクを討てる」

「ですがあの技の発動には、対象の姿を確認していないと」

俺が考えている最善の手、それは【天眼】と呼ばれた英雄の奥義を使うこと。しかしティアの言う通り、発動には対象を視認する必要がある。

現在地点から王都までの距離も、おそらく数千キロは離れている。俺の千里眼でもギリギリ届くか怪しい距離だ。

「アルテミシア様の時とは状況が違います。あの時よりも離れていては……」

「その点は、彼女の頼れる仲間の力を借りれば良い」

そう言って今度はマナに視線を向ける。

アルテミシアは一人で戦っていたわけじゃない。俺の中には、彼女の仲間たちの力だって宿っているんだ。

◇◇◇

レスターブ王国の王都、その中心に建つ城では、レオナ姫が日々の業務に勤《いそ》しんでいた。呪いを受け、徐々に身体《からだ》を蝕《むしば》まれながら、彼女は王女としての務めを全うしていた。

時折、彼女は窓から外を見つめることがあった。彼女の命を受けて旅立ったユーストスたちのことを考えているのだ。

「今頃《いまごろ》どの辺りにいるのでしょうね」

身体を蝕む呪いの力は、日に日に強くなっている。それはつまり、呪いの王の完全復活が近づいているということ。残された時間はあまり多くはない。自分に出来ることをしながら、彼女はユーストスたちの帰りを待っていた。

「星が綺麗《きれい》……皆さんも、この夜空を見ているのでしょうか」

優しく冷たい風が吹き抜ける。丁度太陽が西の地に沈むところで、とても穏やかで、静かな夜が訪れようとしていた。しかし、彼女が見上げる黄昏《たそがれ》の空に突如、どす黒いオーラが現れる。夜空の黒よりも黒く、輝く星の光を呑《の》み込むようにオーラは膨れ上がっていく。

「黒い影？」

嫌な気配を感じた彼女は、慌てて王城のベランダに駆けた。警備の兵たちにも声をかけ、急いでベランダに到着する。そして再び、夜空に浮かぶどす黒い何かに目を向ける。

「あれは……人？」

レオナ姫はぼそりと口に出す。漆黒の炎のようなオーラが、人の形をしてこちらを見ているように思えたのだ。

転移したエレクは、王都の上空から街を見下ろしていた。夜にはまだ少し早く、西の空に輝く夕日が街をオレンジ色に染めている。仕事を終えて帰宅する人や、ちょっと寄り道をする人。たくさんの人々で賑《にぎ》わっていた。

「多い……多いなぁ、うじゃうじゃいる！　恨めしい……妬《ねた》ましい……こんな場所は目障りだ。あってはならない！」

今の彼は、エレクであってエレクではない。生前の彼が抱いていた恨みや憎悪が呪《のろ》いの力と混ざり合い、彼の魂を侵食してしまっている。つまり、今の彼は呪いそのものと化していた。

エレクが恨み、妬み、憎しみを向ける対象は現代には残っていない。それでも彼の記憶の中にはハッキリと刻まれている。自分を否定した弟の姿、行く手を阻んだ剣士の姿。その二人の力が宿るユーストスに、またしても邪魔をされたことで、彼の怒りは強まった。

「破壊する……破壊する……破壊してやる！　こんな場所は必要ない！」

その怒りの矛先は、ユーストスたちが旅立ち、帰る場所に向けられてしまった。エレクはダークエルフから奪った膨大な魔力を使い、王都上空を巨大な魔法陣で覆う。

「こ、これは……まさか敵の……早く皆さんに避難の呼びかけを」

「もう手遅れです！　今から呼びかけても間に合いません」

兵士の言う通り、魔法陣が展開された時点で逃げ場はない。今から避難誘導をしても、逃げ切るより早く悲劇が起こるだろう。

絶望を露《あらわ》にする兵士たち。王都に暮らす人々も、異変を察知して夜空を見上げている。眼前に迫る危険を感じ、怯《おび》えて震える人も少なくない。

そんな中、レオナ姫は力強い目でエレクを見据えていた。

「――ユーストスさん」

◇◇◇

王都の夜空を覆うように、エレクが魔法陣を展開している。おそらくラザエルが使っていた光弾の魔法と同系統。発動すれば光の雨が降り注ぎ、王都の街を蹂躙するだろう。

俺は目を閉じ、姫様の視界を通して王都の状況を把握した。

「ありがとう姫様」

姫様が俺のことを考えてくれたお陰で、視界を繋《つな》げることが出来た。周りには、俺が何をしているのか伝わらないだろう。ただ、同じ魔法使いであるマナにはわかるはずだ。アリアは集中している俺の邪魔をしないように、マナに尋ねる。

「ねぇマナ、先生は何をしているの？」

「たぶん、コネクトビジョンを使ってる」

「コネクトビジョン？」

「他人と視界を共有する魔法。お兄さんは今、誰かの視界を通して王都を見ていると思う」

マナの言う通り、俺が発動している魔法は視界を共有するコネクトビジョン。目を閉じている間だけ、対象が見ている風景を覗《のぞ》くことが出来る。コネクトビジョンの発動条件は、共有する対象が発動者のことを考えていること。

王都に危険が迫った時、姫様なら一度は必ず俺のことを思い浮かべてくれると思った。その読み通り、姫様との視界共有が成功した。

「視界は繋がった……それに今は夜、空には星々が輝いている。発動の条件は整った」

俺は地面を蹴《け》り、空高く跳びあがった。そのまま『月歩』を発動して、空中を蹴ってさらに上空へ上がる。

「この辺りで良いか」

下を見ると、アリアたちが小さな点に見える。広大な地面よりも、上に広がる夜空のほうが近く感じられる場所。俺は夜空に向けて、特大サイズの魔法弓を展開させる。距離が距離だけに、魔法弓も大きくなければならない。

それはもはや、弓ではなく、長弓とも呼ぶべきサイズだった。

そのまま魔法長弓の矢先を上に向ける。狙《ねら》うのは、夜空で最も強く輝きを放つ星だ。

アルテミシアから継承したスキルの中に『星芒の加護』というものがある。この加護を持つ者は、夜空の星々に自らの力を届けることが出来る。ただし届けるだけで、それ以上のことは出来ない。

この加護単体では何の意味もないが、彼女は千里眼と魔法弓のスキルも合わせることで、自らの奥義を完成させた。

発動条件は狙う対象を視認していること。夜であること。自身と対象の上空に、同じ星が輝いていること。

かつてアルテミシアは旅路の途中、遠く離れた王国の危機を知った。数千キロ離れた場所へは、いくら巨大にしても魔法弓では届かない。しかし千里眼で目視することが出来れば、彼女の矢は降り注ぐ。

【天眼】と呼ばれた英雄……アルテミシアの奥義。

その名は――

「天と地を繋ぐ光《サジタリウス》」

俺は魔法長弓の弦を引きしぼり、夜空の星に向かって矢を放った。星に向かって放たれた矢は、星の光と混ざり合い溶け込んで、星はさらなる輝きを放つ。その光は姫様の視界を通して、王都の夜空でも輝いていた。

◇◇◇

私は天を見上げていた。空を覆う絶望のオーラを前にして、彼のことを思い浮かべる。彼ならきっと、絶望を照らす光になってくれると。

その時、空に輝く一つの星がより強く輝き出した。光は一瞬にして強さを増し、光の矢となって展開されていた魔法陣を貫き、発動者の脳天を突き抜ける。

「なっ、があああああああああああああああああ」

「こ、これは……ユーストスさん？」

「馬鹿な馬鹿な馬鹿な！　ありえない、こんなことはあああああああああああああ」

魔法陣ごと貫かれ、発動者は苦しみながら悶《もだ》えている。何か言っているようだけど、距離が遠くて全《すべ》ては聞き取れない。

それでも、何を言っているのかは大体想像がつく。ユーストスさんへの罵声《ばせい》を口にしているのだろう。

「くそがあああああああああああああああああああああ」

空に現れた敵は怒声を上げ、光の矢に射貫《いぬ》かれ消滅していく。王都の空を覆ったどす黒いオーラは、雨雲が晴れるように消え去り、王都は綺麗な夜空を取り戻した。

脅威が消滅してからも、私はしばらく夜空の星を見つめていた。そして思う。

奇跡という言葉が相応《ふさわ》しい人を、私は一人だけ知っている。今もまさに、奇跡を起こしてくれた。

突然王都の空を覆った恐怖を一筋の光で貫き、美しい夜空を取り戻してくれたのは、遠く離れた場所で戦う彼だ。

私は晴れた夜空をじっと見つめる。

ふと思う。この夜空の星々を、それを見ている私を、彼も見てくれているのだろうか。そうだとしたら嬉《うれ》しい。

どれだけ遠く離れていても、彼が見守ってくれていると思うと、身を蝕む呪《のろ》いにも負けない勇気が湧《わ》いてくる。私の身体は今なお、呪いの力に冒され続けていた。痛みは日に日に強くなっているし、毎朝目覚める度に身体が重くて、いつか起き上がれなくなってしまいそうな恐怖がある。

そんな時こそ、彼のことを思い出す。私の願いに耳を傾け、王国と国の命運をかけて旅に出てくれた彼のことを。

「――ありがとうございます」

聞こえていないかもしれない。見てくれているというのは私の想像で、それに縋《すが》っているだけかもしれない。

たとえそうでも構わない。聞こえていなくても良い。伝わらなくても良い。ただ心から、感謝を口にしたくなった。

「本当に……ありがとうございます」

私は何度も感謝の言葉を口にした。

呪いに冒され続けているからか、時折すごく不安になる。私はこのまま死んでしまうんじゃないか。彼らが間に合わなければ……と、思ってしまうことがある。

昨日《きのう》も、その前も、一日の中でそんな後ろ向きなことを考えてしまう瞬間はあって、思う度に忘れようと努力する。

そんな日々も、今日で終わりになるかもしれない。敵の脅威を撃ち抜いてくれた輝く光の矢は、一緒に私の弱さも貫いてくれたみたいだ。

今はもう、悪い未来は思い浮かばない。呪いの痛みはあっても、恐怖は感じない。彼が頑張ってくれていると、守ってくれていると実感したから。

私は待とう。彼が、彼の仲間たちがこの街に帰ってくる時まで。自分に出来ることを精一杯に頑張ろう。

そして帰ってきてくれた時に、今までの全ての感謝を伝えようと思う。

「ユーストスさん……信じています」

心から。

◇◇◇

エレクを打倒した後、俺たちはエルフの里に帰還した。呪いの力で暴走していたダークエルフたちも、矢の効果ですっかり落ち着いている。元々里で暮らしていたダークエルフからの提案で、他のダークエルフも里へ来ることになった。

彼らはエレクの因子の影響で、特に理由もなくエルフを敵視していただけ。それがなくなれば、肌の色の違いがあるくらいで、同じエルフの仲間だ。事情はすでに説明してあるから、里のエルフたちも了承してくれた。

これでようやく、本当の意味でエルフ族は元の形に戻ったのだろう。数千年越しに、同じ里で暮らすことになったんだから。


次の昼、俺たちはクルトさんから、ある提案を受けた。

「これも全てユーストス様たちのお陰です。ささやかではありますが、皆さんのために宴《うたげ》を開こうと思います。ぜひ楽しんでいって頂ければ」

「ありがとうございます」

里の長《おさ》であるクルトさんはライラが言うには、本当は優しい方だという。抱えていた問題が解決したことで、心に余裕が出来たのだろう。

宴は里中のエルフたちを集めて盛大に行われた。里を守る大樹の周りに大勢が集まって、お酒を飲んだりご飯を食べたり、ワイワイ楽しそうに時間を過ごす。

「アリアちゃんっていうのね？　さっきは一緒に戦ってくれてありがとう」

「どういたしまして！　私もみんなが無事でよかったです」

「良い子ね～。私獣人って初めて見たわ！　ちょっと尻尾《しっぽ》とか触っても良いかしら？」

「え？　あ、えっと……ちょっとなら」

アリアはエルフのお姉さんたちに囲まれて、尻尾をもふもふ触られたりして大変そうだ。しかし嫌そうな顔はしていないし、ちゃんと楽しんでいるように見える。

マナも大人気な様子で、彼女の周りにもエルフが集まっていた。

「さっきの魔法って貴女《あなた》よね？」

「うん」

「凄《すご》かったわ。私も魔法が使えるけど、あんなに強力なものはまだ……コツとかあるの？」

「ある。けど難しい」

どうやら魔法使い同士の話で盛り上がっているようだ。マナの魔法でダークエルフたちの退路を塞《ふさ》いだ光景は、確かに圧巻だったからな。

グリアナさんは二人の脇《わき》で、男性エルフたちと話しながら、二人のことを見守っている。

ティアはクルトさんと話をしているみたいだ。楽しそうな笑顔を見せているし、後で何を話していたのか聞いてみよう。

そんなことを考えていると、俺の元にライラとレイラが二人でやってきた。

「ユーストスさん、楽しんでくれてますか？」

「ああ」

俺がライラと話をし始めると、レイラが彼女の後ろにひょこっと隠れてしまう。それを見たライラがぷくぷくと怒って彼女を引っ張る。

「もうレイラ！　ちゃんと挨拶《あいさつ》しなさい！　言いたいことがあるんでしょ？」

「なっ、ちょっ、わかってるって！」

ライラに引っ張られ、レイラが恥ずかしそうに頬《ほお》を赤らめながら俺の前に出る。モジモジとしながら、頑張って何かを伝えようとする。

「えっと……その……あの……」

「もう！　勇気を出して！」

「何度も言うなって！　あ、あのさ！　さっきは助けてくれて、その……ありがとう……ございます」

途中から声量が下がっていったけど、ちゃんと最後まで感謝の言葉は聞こえた。言い切った後も恥ずかしそうに目を逸《そ》らすレイラを見ていると、何だか微笑《ほほえ》ましく思う。

「どういたしまして。やっぱり姉妹は仲良くないとね」

「う、うん」

「大樹を直してくださったことも、改めてお礼を言わせてください」

今度はライラが丁寧に頭を下げた。レイラもライラに合わせてお辞儀をする。

「それはどちらかというと、俺よりご先祖様にお礼を言ってあげてほしい。錬金術スキルは、君たちの先祖から受け継いだ力なんだから」

そう言って俺は大樹を見上げる。彼女たちもつられて、綺麗《きれい》な緑の葉を揺らす大樹を眺めていた。

俺が持っている力の全ては、かつて生きた偉大な人たちの力だ。俺はそれを受け継いで、使わせてもらっているに過ぎない。だから俺に向けられる感謝の分、偉大な英雄たちを称《たた》える声が増えてほしいと思う。

「あの、ずっと気になっていたのですが」

「何？　ライラ」

「その、ユーストスさんが使っていた剣の力は、ひょっとして赤い髪の剣士さんの力ですか？」

「え？」

それはあまりに突然の質問で、俺も咄嗟《とっさ》に答えられなかった。驚いてしまって、声にならなかった。『剣の加護』はユリアスの力で、彼女は赤い髪の剣士で、まさしくその通りだったから。

「ち、違いましたか？」

「い、いや合ってるよ。君はまさか、ユリアスのことを知っているの？」

「それならあたしも知ってるよ！　すっげー強い剣士だよな！」

そう言ったのはレイラだった。彼女もライラと同じように、ユリアスのことを知っているという。

信じられない俺は、彼女たちに質問する。

「どうして知っているんだ？　数千年も前の人だよ」

「えっと、私たちエルフは稀《まれ》に、ご先祖様の記憶の一部を引き継いでいることがあるんです」

「先祖の記憶を？」

「はい」

ライラが言うには、彼女たち以外にも自分のものではない記憶を持っているエルフがいるという。記憶と言っても継承のように生涯ではなく、ごく一部だけだそうだ。

「私が知っているのは、その剣士さんに助けられて、話をしているところです」

「あたしは戦ってる記憶だな」

数千年前にユリアスと交流を持ったエルフは二人しかいない。イスタルとエレクだ。どうやら双子の記憶が、現代の同じ双子に受け継がれていたらしい。

なるほどそうなると、エレクの意志がレイラに宿っていたのも偶然ではなさそうだ。

「そうか……今度は仲良く出来ると良いな」

「ユーストスさん？」

「何でもないよ。でも記憶を引き継いでるなんて初耳だな。ティアはそんなこと言ってなかったし」

話を聞く限り全員が引き継いでいるわけじゃないようだから、ティアの場合は違うということだろう。そう考えながらティアのほうに目を向ける。

ティアはアリアとマナに挟まれて、楽しそうに笑っていた。ライラもティアたちの様子を見つめていて……。

「ティアさんは、自分以外のエルフに会ったことはないんですよね？」

「そうだと言っていましたね」

「……そうですか」

ライラは何やら難しい顔をしてティアのことをじっと見つめていた。その表情の理由はわからないまま宴会は続く。昼頃から始まった宴会は夜遅くまで続き、いつの間にか静かになっていた。

酔いつぶれたり、疲れていたりと理由は様々に、皆宴会の席で眠ってしまっていたのだ。俺とティアはまだ起きていて、一緒に宴会の片付けを手伝っている。

「ティアも楽しめたか?」

「はい。自分以外のエルフに囲まれるのも新鮮で面白かったです」

「ははは、その体験は新鮮だったろうね」

俺とティアが話していると、そこへライラが歩み寄ってくる。レイラは疲れて眠ってしまったようで、彼女一人だった。

ライラはティアと視線を合わせる。

「ティアさん。少し話しませんか?」

「え、私ですか?」

ライラはこくりと頷《うなず》く。ティアは困ったように俺の顔を確認してきた。その様子を見たライラが、俺に向けて言う。

「よければユーストスさんも一緒に」

「だとさ。片付けが終わってからなら良いよ。ティアは?」

「私もそれなら」

「わかりました。では片付けの後、この大樹の下で待っています」

そう言って一旦《いったん》別れて、俺たちは片付けを続行した。片付けの最中に、ティアが俺に質問をしてきた。

「話って何なんでしょう……」

「さぁね。ただ、真面目《まじめ》な話だとは思うよ」

「そうですね。ライラさん、真剣な顔をしてましたし」

楽しい話ではなさそうだと、俺とティアは予想していた。それから片付けを終えて、約束の場所に足を運ぶ。すでにライラが待っていて、俺たちを見つけると丁寧にお辞儀をして出迎えてくれた。

「お二人とも、お疲れなのに来てくださってありがとうございます」

「気にしないでください」

「私は大丈夫です。それでその、お話というのは？」

ティアが尋ねると、ライラは数秒間《ま》を空けて、改まってティアに話しかける。

「ティアさん」

「は、はい」

「もしよろしければ、この里で一緒に暮らしませんか？」

「え？」

ティアは予想していなかったようで、呆気《あっけ》にとられていた。俺はというと、少しだけそんな話だろうという予感はしていた。ライラは続けて言う。

「今すぐではありません。皆さんの旅が終わったら……という話です」

「え、えっと……どうして急にそんな話を？」

「……ティアさんは、どうして我々エルフが、他種族との交流を避けて来たかご存じですか？」

ティアは首を横に振る。

「そうでしょうね。貴女は里の外で生まれ、人間の環境で育てられた。だからといって、貴女がエルフであることは変わらない。その寿命も……」

エルフ族は長命だ。その寿命は七百から千とされている。現代に残る人型の種族の中では、最も長い寿命を持っている。対して人間は、長くても百年程度しか生きられない。

故にエルフが人間社会で生きることは、必ず一人になることを意味していた。

「私たちエルフと、人間の生きる時間は違います。今は良くても、いずれ必ず孤独に苛《さいな》まれてしまう」

「だから、他種族との交流を極端になくしたんですね」

俺が言うと、ライラは頷く。

「そうです。どれだけ絆《きずな》を紡いでも、時間がそれを壊してしまう。誰かと結ばれても、その人といられる時間はごく僅《わず》かしかない。悲しい思いをするだけなら、最初から関わらないほうが良いと考えました」

ライラの言っていることは、エルフではない俺にも理解できる。誰《だれ》だって、一人きりになってしまうことは怖いし悲しい。人間だって長く生きれば、多くの別れを経験するだろう。エルフはそれよりも遥《はる》かに長く、多いんだ。

ティアはエルフだ。アリアたちと一緒に暮らして、共に生きた時間は同じでも、未来の彼女にとっては一瞬でしかない。俺も、みんなも、いずれはいなくなる。

「仲良くなればなるほど、別れは辛《つら》くなる。だからその前に……私たちなら、一緒にいられるから」

「……私は……」

ティアにとっては難しい問題だろう。エルフではない俺には、彼女にかけてあげられる言葉が見つからない。結局、彼女自身がどうしたいかなのだから。

ティアはしばらく考え、時折悲しそうな表情も見せた。俺はそんな彼女を隣で見守る。ライラも彼女の返事を待っている。

そして――

「ありがとうございます。誘って頂いて嬉《うれ》しいです。でも、私はまだみんなと一緒にいたいと思います」

ティアは笑ってそう答えた。アリアやマナ、俺たちと一緒にいたいと。

ライラは尋ねる。

「良いんですか?」

「はい。ライラさんの言う通り、私はエルフです。みんなといられる時間は限られていて、いつか必ずさよならする日は来る……それでも、アリアとマナは私の家族です」

彼女は力強い言葉で、ライラに伝える。自分の心を、秘めた思いを。

「私はエルフで、アリアは獣人で、マナは人間で……みんなバラバラだけど、一緒に暮らしてきた大切な家族なんです。これから一緒にいられる時間は短いかもしれません。だからこそ、その時間を大切にしていきたい。いつか訪れるお別れの日まで、たくさんの思い出を作りたい」

「思い出を作るほど、別れは辛くなりますよ？」

「そうかもしれません。だけど、一緒にいられないのは嫌なんです。みんなの最後の一瞬まで一緒に笑っていたい。それに……」

話しながら、ティアは俺のほうに顔を向けて、穏やかな笑顔を見せる。

「師匠にもまだ、教えてもらいたいことがたくさんありますから」

「ティア……」

俺を見つめる彼女の瞳《ひとみ》が、僅かに潤んでいるのがわかった。言葉ではそう言いながらも、一人になる寂しさはある。きっと想像してしまったのだろう。いずれ訪れる未来を……一人になった自分を。

それでも彼女は、俺たちと一緒にいたいと言ってくれた。寂しさを理解しながら、アリアたちと過ごす時間を大切にしたいと。

ならば俺も、その思いに応《こた》えるべきだ。

「ああ。俺もアリアたちも、ティアと一緒にいたい。ティアが寂しくならないように、たくさんの思い出を作っていこう」

「……はい！」

俺はティアの頭を優しく撫《な》でてあげた。するとティアは嬉しそうに、恥ずかしそうに微笑《ほほえ》む。こういうひと時も、彼女にとっては瞬《まばた》きのような時間でしかない。それを積み重ねて、大きくして、心を満たしていこう。

この日の夜は、ティアと二人でいろんな話をして過ごした。いつの間にか眠っていて、目が覚めると、ティアが俺の肩で気持ちよさそうに眠っていた。


翌日の朝、俺たちはエルフの里を出発することにした。乗り物を貸してほしいと頼むと、クルトさんは快く馬車を貸してくれた。

しかもただの馬車ではない。見た目は普通の馬車だが、魔道具らしい。金属で作られた馬に魔法石がはめ込まれている。乗り方は馬車と同じで、何と普通の馬車の三倍の速度が出るそうだ。

箱型の立派な荷台が備え付けられている他、車輪も特別製で、荒く凸凹《でこぼこ》した山道も楽に移動できるという。

「クルトさん、こんな便利な物借りて大丈夫なんですか？　危険な旅なので、壊してしまうかもしれませんけど……」

「構いません。最初から差し上げるつもりです」

「え、頂けるんですか？」

「はい。里と同胞を救ってくださったお礼には、足りないくらいでしょう」

クルトさんは謙虚にそう言うが、お礼としては十分すぎるほどありがたい。これで旅の日数を大幅に短縮できそうだ。

俺たちは馬車に荷物を載せ、順番に乗り込んでいく。後は俺とティアだけになった頃《ころ》、駆け寄ってくる二人がいた。

「ユーストスさん！」

「ライラ、レイラも。見送りに来てくれたのか？」

「はい！　本当にお世話になりました。ありがとうございます」

「感謝ならたくさん聞いたよ。こちらこそありがとう。ライラが手伝ってくれたお陰で、スムーズに進んだんだ」

彼女が仲介してくれなければ、問題解決までもっと時間が必要だっただろう。大樹のことも、ダークエルフのことも、解決できたのはライラの頑張りのお陰でもある。俺がそう伝えると、ライラは嬉しそうに笑顔を見せてくれた。

そして隣には、恥ずかしそうにもじもじと隠れるレイラがいて。

「レイラ！」

「わ、わかってる……あ、あの……また、会いに来てくれるか？」

「もちろん。旅の帰りには必ず寄るよ。その時には時間もあるだろうし、もう少しゆっくりさせてもらおうかな」

「ほ、本当？　絶対だからな！」

レイラは満面の笑みではしゃいでいた。今まで彼女が見せた中で、一番輝いている笑顔だ。そこまで期待してくれるなら、是が非でもまた来ないとな。

「ティアさんも、また来てくださいね」

「はい」

ティアとライラも握手を交わす。

「同じエルフとして、いつでも歓迎です。ここをティアさんの、第二の故郷だと思ってください。たとえ離れていても、貴女《あなた》の仲間はここにいます」

「はい！　私も皆さんとまた会いたいです」

ライラはティアに、一人じゃないと伝えてくれている。俺たち以外にも、ティアの味方はここにいるんだぞと。

ティアにとってそれは、何より心強いお守りになるだろう。彼女はライラの言葉を胸にしまい、俺の手をとって馬車に乗り込んだ。

第六章　ドラゴンテイル

エルフの里を出発して二日。俺たちを乗せた馬車は、グレーベル山岳地帯と呼ばれる場所を走っていた。整備されていない道が多いけど、特別な魔道馬車を借りられたお陰で快適な旅が出来ていた。

俺は手綱《たづな》を片手に地図を開き、現在地を確認しながら運転している。

「へっくしゅん！」

「大丈夫か？　アリア」

「う、うん……大丈夫だけどちょっと寒くなってきたね」

アリアの可愛《かわい》らしいくしゃみが馬車の中から聞こえてきた。アリアの言う通り、山岳地帯に入ってから気温が徐々に下がってきている。

「この辺りは特に寒いからな。もっと奥まで進んだら雪が積もってるらしいぞ」

「ゆ、雪……」

きっとアリアは嫌そうな顔をしていることだろう。雪なんて王都でもレガリアでも降らないから、珍しくて喜ぶかと思っていたけど、どうやら違うようだ。

「うぅ〜。今から憂鬱《ゆううつ》だよぉ」

「アリアは昔から寒いのが苦手よね」

「寒い日は布団から出てこない」

今以上の寒さを想像して身体《からだ》を震わせるアリア。そんなアリアを見ながら、ティアとマナは彼女の寒さ嫌いを口にしていた。

アリアは獣人で、犬の耳と尻尾《しっぽ》が身体から生えている。寒さが苦手な犬もいるらしいから、もしかしたら彼女の寒さ嫌いもその影響なのかもしれない。

そんなことを考えていると、馬車の車輪が石を踏みガタンと大きく揺れる。いきなりの大きい揺れに、寒がっていたアリアも驚いて声をあげる。

「うわっ、ビックリした～」

「悪い、大丈夫だったか？　気を付けてはいるんだけど、道がどんどん荒くなってるから」

馬車の運転は今までもしてきたけど、ここまで険しい道は初めてだし、長時間運転し続けるというのは中々に疲労がたまる。すると、馬車の窓からグリアナさんが顔を出し、道の状態を確認してから俺に提案する。

「ユーストス殿、私が運転を代わろう」

「良いんですか？　今日はまだ交代には早いと思いますけど」

「構わない。私はこういう道の運転にも慣れている」

「わかりました。じゃあ一旦停《いったんと》めますね」

俺は馬車を停めてグリアナさんと運転を交代することにした。元から俺とグリアナさんで交代して運転をしていく予定で、ここまでも午前午後で分担はしていた。今はまだ正午前で、お昼にも交代にも少し早い。

「すみません、グリアナさん」

「気にしないでくれ。むしろ戦闘ではユースト殿に負担をかけすぎている。こういう時くらいちゃんと休んだほうが良い」

どうやらグリアナさんは、俺が疲労を感じていることを察して交代を言い出してくれたようだ。その気遣いに感謝しながら馬車の後ろ座席に乗り込む。

「先生！　私の隣が空いてるよ！」

「ああ、お邪魔するよ」

俺がアリアの隣に腰を下ろすと、グリアナさんは出発すると言い馬車を動かした。運転から解放されて、手と肩がガクンと重く感じる。慣れないことをしているからだろう。ついでにさっきまで大して気にもしていなかった寒さが押し寄せてくる。

後ろの席は壁と天井で守られていて、運転席のように風は来ない。その分は暖かいはずなのに、後ろへ移った今のほうが寒さを感じてしまう。

「確かにちょっと寒いな」

「あれ？　先生も寒いの苦手なの？」

「そうなのかもしれない」

「そっか〜、先生も寒いの苦手なんだ〜」

そう言いながらアリアは、何だか嬉《うれ》しそうな表情を見せる。

「何で嬉しそうなんだよ」

「ええ～、だって先生と一緒って思ったら嬉しくなって」

俺との共通点を見つけてご満悦のアリア。そんな彼女にティアは呆《あき》れながら言う。

「さっきまで嫌だとか言ってた癖に……」

「ずるい」

マナは羨《うらや》ましそうにムスッとした顔でそう言った。何に対してずるいと言ったのだろう。寒さが気にならないほうが羨ましいと思うけど。

思い返せば彼女たちに出会う前、別の人たちとパーティーを組んでいた頃。依頼で遠くへ出向くことはあっても、雪山とか雪原地域には行ったこともなかったな。意図せずして寒さを経験せずにいた所為《せい》で、俺も苦手になったのかもしれない。

そうは言っても、アリアほど震えるくらい寒さが苦手というわけではなかった。隣で座る彼女は、嬉しそうな顔を見せながらも少しだけ震えているように見える。

「アリア、寒いなら毛布に包《くる》まっておくか？」

「うん！　そうする」

人数分の毛布もエルフの里で貰《もら》ったものだ。次の目的地を話したら、寒さをしのぐために必要な道具も一式用意してくれた。

「馬車だけじゃなくて色々準備してくれて助かったな。さすがティアと同じエルフだよ」

「ふふ、なら帰りに立ち寄った時に、改めてお礼を言わないといけないですね」

「そうだな」

エルフの里にいた期間は短いけど、その中で経験した出来事はとても濃い。きっとティアにとって、あの場所は特別になっただろう。俺もイスタルの記憶を通して、英雄たちとのつながりを再確認できる良い機会になった。

俺とティアがエルフの里でのことを話していると、隣で毛布に包まったアリアが、ちょんちょんと肩をつついて尋ねてくる。

「ねぇ先生、今ってどの辺りなのかな?」

「今か？　ちょっと待って」

俺は地図を取り出し膝《ひざ》の上で広げる。アリアが覗《のぞ》き込むように地図を見てから、俺は人差し指でグレーベル山岳地帯を指し示す。

「ここ一帯がグレーベル山岳地帯で、ここがエルフの里があった場所。それで今は、大体この辺りかな?」

「山岳地帯に入ったばかりですね」

そう言ったのはティアだった。彼女もアリアと同じように、俺の広げた地図を覗き込んでいる。マナも首を斜めに傾けて地図を見ているようだ。俺は二人にも見やすいように、地図を少し前に出す。

「この地域を越えたらいよいよ目的地だ」

「遂《つい》にたどり着くんだね、先生」

「ああ、だけどまだ難所は残っている」

俺は話しながら窓の外を見つめる。馬車が進んでいる先には、雪化粧で真っ白になった大きな山々が聳《そび》え立《た》っていた。

ティアがその山脈を見ながら言う。

「あれを越えないといけないんですよね？」

「そう。グレーベル山脈……」

英雄たちの記憶でも、グレーベル山脈の険しさは印象に残っている。当時は絶え間ない吹雪《ふぶき》こそなかったが、険しい急斜面に足をとられて体力が削られる。かといって山脈を迂回《うかい》すれば五倍以上の日数がかかる。敵との遭遇を抜きにすれば、この旅の最難関エリアと言っても過言ではない。

「山脈越えにこの馬車は使えない。いくら便利でも、深く降り積もった雪の上は走れないからな」

「せっかく貰ったのに、壊してしまったら申し訳ないですからね」

この馬車はエルフたちからの贈り物で、返さなくても良いから好きに使ってほしいと言われている。とはいえティアの言う通り、壊してしまうのは申し訳ない。だからそうしないために、山脈越えには別の方法を使う。

英雄たちの時代には出来なかったこと。現代だから出来る方法で、楽に山脈を越えられる。その手段が得られる場所に、俺たちは向かっていた。

「ドラゴンテイル、でしたよね？」

「ああ。鋼鉄と雪……そして、ドラゴンと暮らす国だ」

◇◇◇

グレーベル山岳地帯は、一年を通して雪が降り続ける極寒の地。気温は常に氷点下で、吐く息は白く凍る。寒さに強い動物でも音を上げるほど過酷な環境に、ドラゴンテイルという小国があった。ドラゴンテイル唯一の街は、四方を高い鋼鉄の壁で覆い、雪と風から街を守っているという。建物も全《すべ》て特殊な金属で造られ、室内なら寒さを感じさせない。

という話は、レガリアや王都でも耳にすることがあった。ドラゴンテイルは冒険者の中では有名な国だ。アリアたちはまだ冒険者になって日が浅いし、聞いたことがなかったらしい。だけど、一度でも耳にすれば忘れることはないだろう。

なぜなら、ドラゴンテイルは世界中でただ一つ、ドラゴンとの共存を成し遂げた国なのだから。

「ユーストス殿！」

「ええ。ようやく到着したみたいですね」

御者台で馬車を走らせるグリアナさんが、進む先を指さして教えてくれた。俺も馬車の窓から顔を出し確認する。

吹雪で視界が悪い中でもわかる大きな鉄の壁。白い景色《けしき》を押し出すかのように現れた鉄壁を前に、グリアナさんは馬車の速度を落とす。

「入り口が見当たらない」

「完全に壁ですね。壁に沿ってぐるっと回ってみましょう」

「了解した」

どこかに入り口があるだろうと話して、グリアナさんは馬車を左に旋回させる。回る時に積もった雪をかき分けて強引に進んだから、馬車がギギギと変な音をたてた。

「大丈夫かな……」

さすがの馬車も車輪が埋まるくらいの積雪は想定していないだろう。何とかここまで頑張ってくれているが、そろそろ限界が近いようだ。

それと、限界が近いのは馬車だけではなかったりする。

「さ、寒い……もう無理。マナー、またあったかくなる魔法使ってよ～」

「駄目。これ以上は魔力使いすぎ」

「ええ～」

「もうアリア！　ちょっとは耐えなきゃ」

そう言っているティアも毛布に包まりガクガク震えている。西に進むにつれ寒さが急激に厳しくなり、馬車の中でもまつ毛が凍るほどだ。

寒さが苦手なアリアは言わずもがな。ティアとマナも互いに身を寄せ合いながら寒さに必死で耐えている。俺とマナの魔法で寒さを和らげながらここまで来たけど、いつ襲われるかわからない状況では魔力を抑える必要があって、出来ても気休め程度だった。

「アリア、ティアの言う通り少し我慢して。もう目の前だから」

「先生……目の前？」

「そうだぞ？　ほら、外に鉄の壁が見えるだろ？」

「……本当だぁ」

アリアが窓の外を見て、今さらドラゴンテイルに到着していると気付いたらしい。寒さに耐えるのに必死で、さっきの会話は聞こえていなかったようだ。

彼女に続けてティアとマナも、窓の外に見える鉄の壁を見つめる。

「この奥に街があるんですか？」

「ああ、壁とおんなじ鋼鉄の街がね。中に入ったら早く宿をとろう。室内は快適だって話だから」

「お兄さん。中、入れるの？」

「入り口をグリアナさんが探してくれてる最中だよ」

ティアとマナの質問に答えながら、俺も窓の外を眺めて入り口を探す。二人は考えながら外を見る余裕があるみたいだけど、アリアはぼーっとして本当に限界みたいだ。

犬の獣人は、みんなアリアみたいに寒さが苦手なのだろうか。前に獣人の村へ立ち寄った時、その辺りの話も聞いておけばよかった。エルフの里だけじゃなくて、あの村にも帰りは立ち寄りたいと思う。

そうして馬車をしばらく走らせ、オレンジ色の明かりを見つける。近づいていくと、馬車が二台くらい通れそうな小さな入り口があった。その入り口の横にガラス窓がある。明かりは窓から漏れていたようだ。

グリアナさんが馬車を停《と》め、運転席を降りてガラス窓へと近寄る。

「すみません、レスタープ王国から来た旅の者ですが、中に入れて頂けないでしょうか？」

「――旅の方ですね」

グリアナさんが話しかけると、壁から男性の声が聞こえて来た。よく見ると、ガラス窓の横に小さな穴が空いている。声はその穴から聞こえてきたようだ。

ガラス窓は外と中の温度差で曇っていたけど、中の人が布でガラスを拭《ふ》いたことで、こちらから受付男性の顔が見えるようになった。

「何か身分を証明するものはありますか？」

「はい」

彼女は王国騎士の身分証を見えるようにガラス窓へ近づけた。受付の男性がそれを確認して頷《うなず》き、そのまま馬車の後ろ座席に視線を向ける。

「他にもいらっしゃれば、身分を証明するものをご提示ください」

「冒険者カードでも大丈夫ですか？」

「ええ、もちろんです」

俺が確認すると、受付の男性は優しく答えてくれた。俺は三人から冒険者カードを預かり、馬車を降りて男性に見えるように提示する。

馬車の中からじゃ見えなかったけど、男性がいる受付の部屋には暖炉があるようだ。とても暖かそうで、中にいる男性は俺たちのような厚着はしていない。

「ありがとうございます。では門を開けますので中に入ってください。中に入ったら、滞在許可証を配ります」

「わかりました」

グリアナさんが御者台に戻り、俺は念のために馬車から降りたまま、入り口の前で待機することにした。すると、ゴゴゴと地響きのような重低音が鳴り出し、鉄の扉がゆっくりと開き始める。

扉が開いた先には、もう一つ同じ扉があった。まだ街の中ではなく、今度は室内の受付みたいな場所のようだ。右を向くと、外と同じガラス窓から男性の姿が見える。俺たちの馬車が入ってきてから、男性が立ちあがり、ガラス窓横の出入り口から外へ出て来た。

「ようこそいらっしゃいました。こちら滞在許可証になりますので、滞在中は見えるように首から下げていてください」

手渡された許可証は、水色で親指くらいの大きさはある結晶がついたネックレスだった。受付の男性がさらに説明を続ける。

「こちらは一時滞在用の許可証です。一週間後、まだ滞在を希望される場合は再び手続きが必要になります。もし永住を希望される場合も、別途で手続きがいります。ちなみに滞在期間はお決まりでしょうか？」

「えっと、たぶん長くても三日だと思います」

「でしたら手続きの必要はありませんね。もし延長される場合は必要ですので、忘れずに手続きをしてください」

男性は説明をしながら、手続きについて書かれた紙を俺にくれた。これを読めば手続きに何が必要かわかるらしい。

「ありがとうございます。手続きはここへ来ればいいですか？」

「いえ、役所が街の中にありますので、そちらのほうがよろしいかと。もちろん手続きはここでも出来ますので、お近くの場所を選んでください。その他の滞在ルールですが――」

受付の男性は丁寧にドラゴンテイルでのルールを教えてくれた。ルールと言っても、王都やレガリアの街と基本的には変わらない。

街中での私闘、略奪行為などを一切禁止したり、許可なく商売をしてはいけなかったり。ただ、一つだけ明確に違う点があった。

それは、ドラゴンに対する侮蔑《ぶべつ》を許さないというものだ。ドラゴンを悪と断じたり、馬鹿にするような発言は控えるようにと念を押された。

ドラゴンは強力な魔物で、世間一般的には敵という認識になっている。しかしこのドラゴンテイルでは、共に生きる仲間なのだ。俺たちが冒険者だからか、受付の男性はこの内容を三度も繰り返し説明した。

「説明は以上になります。他に聞いておきたいことはありますか？」

「いえ、大丈夫です」

「わかりました。では門を開けますので、そのままお待ちください」

男性は受付の部屋に戻っていく。グリアナさんが御者台へ移動し、俺も馬車に飛び乗って彼女の隣に腰を下ろす。

しばらく待っていると、閉まっていた扉が再び重低音を鳴り響かせ、ゆっくりと開き始めた。そして今度こそ、俺たちの眼前に鋼鉄の街並みが顔を出す。

「ようこそ、ドラゴンテイルへ」

男性の声と一緒に、閉ざされていた扉が完全に開いた。ドラゴンテイルは鋼鉄の街と呼ばれている。その名の通り、視界に飛び込んできたのは鉄で造られた建物と、雪の積もった白い道。そこを歩く人間と、人間ではない種族の姿も。

「あれが竜人族ですか」

「そうみたいですね」

竜人族、以前はリザードマンと呼ばれていた竜と人間の血をもつ種族。人間のように二本の脚で歩いてはいるが見た目はドラゴンそのもので、知らなければ魔物と見間違えるかもしれない。ドラゴンの顔に尻尾《しっぽ》、大人は背中に翼も生えている。

「俺も見るのは初めてだから、人間と並ぶと違和感がありますね」

「ユーストス殿もですか？」

「はい。話に聞いていた程度です」

「意外ですね。ユーストス殿なら見たこともあるかと思っていました」

グリアナさんはそう言うけど、俺の場合は知っているだけで、実物を見たことがないものが多かったりする。必要そうな知識は本で覚えた。それに加えて継承した英雄や偉人たちの記憶もあって、知識は誰《だれ》にも負けない自信がある。

ただ、竜人族に関しては英雄たちの記憶にもない。なぜなら数千年前は、まだ竜人族は存在しなかったからだ。

「ここがドラゴンテイルという国になったのは六百年前で、竜人族が初めて誕生したのは、その千年前だと本には書かれています。それは、俺が知る英雄たちの生きた時代より後ですから」

「なるほど。確かに国としての歴史は、私たちのレスターブ王国のほうがずっと長いですからね。私も他国について学びましたので、多少は知っていますが」

そう言って、道行く竜人族たちを見ながらゆっくりと馬車を走らせる。人間と竜人が楽しそうに話している様子を見ていると、彼女も違和感を覚えるのだろうか。

「実際に見ると不思議な国ですね。そういえば文献にも、竜人族が誕生した理由については書かれていませんでしたが」

「本には載っていないですね。その辺りは仮説は多いですが、解明されてはいませんから」

ドラゴンと人間の間に、子供を作ることは出来ない。魔物だからではなく、単純にスケールと構造の問題で不可能だとされている。それなのにどうやって、竜人族は誕生したのか。

その疑問は冒険者の中でも考えられていて、いくつか仮説は聞いたことがある。

ただ実は、竜人族が誕生したきっかけはともかく、ドラゴンテイルという国が興るきっかけには心当たりがあった。英雄たちが旅路で出会った一人の少女と黒いドラゴン。あの一人と一匹がそうではないかと、俺は密《ひそ》かに思っていた。

するると、街の中に入って寒さが和らいだことでアリアがひょこっと窓から顔を出す。

「ここがドラゴンテイル……外なのにさっきよりあったかいよ！」

「壁があって吹雪《ふぶき》が届かないから、そのお陰だと思うよ」

「そっか～。う、で、でもやっぱり寒い」

「ははっ、風はなくても雪は降っているからな」

降り積もる白い雪を見ていると、それだけで寒さを実感できてしまう。行き交う街の人たちは、さすがに寒さなんて気にしていない様子。中には袖《そで》をまくって仕事をしている人もいて、素直に凄《すご》いなと思った。

それからさらに馬車を進め、俺たちは宿屋を探した。街中で馬車を走らせているのは俺たちくらいで、行き交う人から注目される。特にこの魔道具の馬車は変わっているから目立つ。

周りからの視線を感じながら、三階建ての宿屋を見つけて入ることにした。建物の隣に馬車を停めることが出来て便利そうだ。一階は受付になっていて、受付には竜人の女性が立っていた。

「いらっしゃいませ。ご宿泊ですか？」

「はい。部屋は空いていますか？」

「もちろんです。皆さんは外から来た方々ですよね？」

受付の女性は俺たちの首にかかっている許可証を見てから尋ねてきた。俺がそうだと答えると、彼女は嬉《うれ》しそうに言う。

「うちを選んで頂いてありがとうございます。外からのお客さんなんて久しぶりだからとっても嬉しいです」

「そうなんですか？」

「はい。以前はよく冒険者さんたちが来てくれていたんですが、最近は一気に減ってしまって……あ、皆さんも冒険者の方々ですか？」

「ええ、そんなところです」

受付の女性曰《いわ》く、お客さんが来るのは二月《ふたつき》ぶりだという。

他にお客さんもいないから、部屋は一人一部屋貸せるそうだ。

「部屋の数はどうされますか？」

「そうですね……三部屋でお願い出来ますか？」

俺は男だから一人部屋で、他の四人は二人ずつに分かれてもらおう。全員一人部屋でも良かったけど、二人以上でいたほうがいざという時に安心できる。

「それでいいか？」

「私は問題ありません」

最初に答えてくれたのはグリアナさんだった。いつもはフライング気味でアリアが返事をして、続けてティアとマナが答えてくれるのに。

理由は簡単で、どうやら三人とも緊張しているようだ。目の前で話しているのは竜人族の女性。

初めて見る相手に戸惑っているらしい。

　三人がうんうんと頷く。

「かしこまりました。では手続きをしますので、こちらにお名前を書いて頂けますか？」

「三つで大丈夫です」

「全員分ですか？」

「いえ、代表の方お一人で大丈夫です」

　俺は提示された紙の黒枠に、自分の名前を書いていく。他にも紙には注意事項が書かれていて、一通り目を通していくことに。

「皆さんは、ここへはどういう経緯で来られたんです？　やっぱり依頼ですか？」

「そうですね。依頼みたいなものです。これから大一番が待っているので、その前にしっかり休息をとっておこうかなと」

「なるほど～。でしたら温泉とかもありますし、休息にはピッタリだと思いますよ」

「温泉⁉」

　いきなり後ろから大きな声が聞こえて、思わず振り返ってしまった。声の主はアリアで、彼女は目をキラキラ輝かせている。

「こ、ここって温泉があるんですか？」

「はい。ここから道なりに真っすぐ行くと、大きな温泉施設がありますよ。とってもいいお湯で、旅の疲れもすぐ癒えると思います」

さっきまで萎縮《いしゅく》していたのが嘘《うそ》みたいに、アリアは積極的に受付の女性に質問していた。どうやら温泉という言葉に惹《ひ》かれているようだ。

「温泉、温泉か～。ねぇ先生、温泉だって！」

「ああ、聞いてるよ。ドラゴンテイルは温泉も有名だからな」

冒険者の中には、湯治のためにわざわざドラゴンテイルを訪れる人もいるらしい。俺も話には聞いていて、一度は来てみたいと思っていた。

「せっかくだし、荷物を置いたら行ってみようか？」

「本当⁉　温泉入ってもいいの？」

「ぜひ入るべきですよ！　ドラゴンテイルに来て温泉に入らないなんて、何のために来たのかわからないくらいですからね！」

と、受付のお姉さんが熱弁していた。そこまでハッキリ言われてしまうと、入らなければという謎の使命感が湧《わ》いてくる。

しかしティアは心配そうな顔をして、俺に尋ねてくる。

「良いんですか？」

「ティアは温泉が苦手だったりするのか？」

「い、いえ、そういうわけではなくて。私たちは、その……大切な旅の途中で……温泉なんて入っていいのかなって」

彼女の言いたいことは尤《もっと》もだ。俺たちが旅をしているのは、姫様や王国に住まう人々、ひいては世界を守るためだ。目的の重要性は理解しているし、何としても成し遂げなくてはならない責任もある。

ティアが言いたいのは、苦しんでいる人がいるのに、自分たちがのんびりしていてもいいのか、無責任で、裏切りにならないかということだ。彼女は特に真面目《まじめ》だから、そういう風に思ってしまうのだろう。そしてそれは、アリアやマナも少なからず感じていると思う。

「アルテミシアの記憶」

「え？」

「うん、ユリアスやソロモンでも良い。彼らの記憶の中で、ローウェンが言っていたことを覚えているかな？」


——私たちは使命を背負っている。だけど、楽しむことは裏切りじゃない。だってこれは私たちの時間で、私たちの旅でもあるんだから。


「全《すべ》てが終わって使命を果たせた時に、この旅を振り返って楽しかったと思えるなら、それはきっと良いことだと思う……俺はその通りだと思ったよ。俺たちの今は、俺たちの時間なんだ」

「師匠……そうですね」

我ながらクサいセリフを口にしたなと思う。少し恥ずかしくて、頬《ほお》の辺りが熱くなっていくのを感じた。でもお陰で、ティアも吹っ切れてくれたようだ。

ただ、今更だけど俺たち以外にも一人、受付の女性が聞いていることを思い出す。途端に恥ずかしさが増して、慌てて謝罪の言葉を口にする。

「す、すみません……受付前で長々と話してしまって」

「いえいえ、良いお話が聞けました」

「あはははっ……えっと、手続きは終わりましたか？」

「はい。こちらがお部屋の鍵《かぎ》になります」

ガランと受付の台に置かれた三つの鍵を手に取る。

「お部屋は二階になっています。階段を上がって、奥から順番に三部屋です」

「ありがとうございます」

「はい。ごゆっくりどうぞ」


それから俺たちは荷物を各部屋に置いて、お目当ての温泉施設に足を運ぶことにした。室内から外へ出ると、吹雪《ふぶ》いていなくても寒さが強まって身体《からだ》が震える。それで余計に温泉へ入りたい気持ちが強くなって、俺たちは急ぎ足で雪道を進んだ。

そうしてたどり着いた温泉施設は、外観から他と明らかに違っていた。同じように金属で建てられているのに、木造建築みたいに色が塗られている。構造は横長の一階建てで、入り口を入ると中はほわっと暖かい。

外は金属、中は木造建築風になっている。受付で、男女それぞれの更衣室に案内された。俺と女性陣は分かれて着替えを済ませ、更衣室から続く温泉に浸《つ》かることにした。

◇◇◇

施設には温泉が七種類ある。中でも一番広くて人気なのが露天風呂《ろてんぶろ》だった。石と岩で形作られた湯船を中央の壁で男性用と女性用に分けた造りになっている。そのうちの女性側に、アリアたち四人が入っていく。

「わぁ！　温泉だよ温泉！」

「アリア、もう少し静かにしないと他の人に――って私たちだけ？」

「みたい。ボクたちの貸し切り状態」

「運が良かったようですね」

女湯は彼女たち以外に誰《だれ》もおらず、マナの言う通り貸し切り状態になっていた。温泉を前にして興奮しているアリアは、勢いよく湯船に入ろうとする。そんな彼女の尻尾《しっぽ》を、ティアががしっと掴《つか》んで止める。

「うわっ！　な、何するのティア！」

「入る前にちゃんと身体を洗わないと駄目でしょ」

「あ、そうだった……」

ティアはしょぼんとするアリアの手を引き、湯船から遠ざける。マナは一足先に身体を洗い始めていて、グリアナはそんな三人の様子を見守る。

「ちゃんと全身洗わないと駄目だからね？　私が手伝ってあげようか？」

「い、いいよ大丈夫！　それくらい自分で出来るから」

お姉さんらしい気遣いを発揮するティア。普段は自分もお姉さんだと言い張るアリアは、こういう時は子供らしさが前面に現れる。

「ボクはもう終わったから入るね」

「ええ！　マナもう洗ったの⁉　ねぇティア！」

「マナはちゃんと洗ってたから大丈夫よ」

ティアはマナの様子も横目にちゃんと見ていたようだ。マナは二人のやりとりを聞きながら、マイペースに湯船に浸かる。

「ふぅ～、温かい」

気持ちよさそうに湯船に浸かるマナ。そんな彼女を見て、アリアも急いで髪の毛をわしゃわしゃ洗い出す。それから三人とも身体を洗い流し、ようやく四人で湯船に浸かる。

「ふわぁ～、気持ちぃぃ～」

アリアは湯船に浸かった途端、ふやけたみたいに気の抜けた声が漏れ出た。普段はピンと立っている耳も、萎《しお》れたように垂れ下がっている。ティアとグリアナも湯船の温かさを感じて、気持ちよさそうに息をする。

「温泉って入るのは初めてだけど、聞いてた以上に気持ちいいんですね～」

「ええ。王城にも大浴場はあるけど、やっぱり全然違うわ」

「さすが王城ですね。私は大きなお風呂自体初めてなので」

ゆったりとした雰囲気で話をするティアとグリアナ。その横でマナはウトウトし始めていた。それにアリアが気付いて、マナの肩を揺する。

「マナ〜、お風呂で寝ちゃ駄目だよ〜」

「……まだ、寝てない」

「半分くらい目閉じてたのに？」

「……気のせい」

温かい湯船に浸かっていると、身体の芯《しん》から解《ほぐ》れていって、いつの間にか眠ってしまうこともある。マナは普段からのんびりしているからか、眠気が来るのも早かったようだ。

そんなマナが眠らないように、アリアがグワングワンと肩を掴んで揺らしている。マナは明らかに眠そうで、されるがまま揺らされていた。そのまま勢い余って、湯船の縁に頭をゴツンと当ててしまう。

「うっ」

「あ、ごめん……」

「……痛い」

「で、でもほら！　目が覚めたでしょ？」

そう言ってアリアは笑って誤魔化《ごまか》す。マナはスリスリとぶつけた頭を撫《な》でながら、むすっと頬を膨らませる。しかし本当に目は覚めたようで、ハッキリとした目で湯船を隔てる壁を見つめる。

「この向こう……男湯」

「そうだね。先生も今頃《いまごろ》湯船に浸かってるかな～」

「……ボクたちだけなら、一緒に入ればよかった」

「ぶっ！」

マナの発言にビックリしたアリアは、湯船にバシャンと顔を潜らせて、すぐに顔を上げてマナに言う。

「な、何言ってるのマナ！」

「ん？　お兄さんと一緒に入りたかったと思って。アリアも入りたいでしょ？」

「だ、だだ駄目だよそんなの！　先生は男の人なんだし、ま、まだ駄目！」

「まだ？」

それは咄嗟《とっさ》に出た言葉だった。まだということは、いずれは良いという意味にも捉《とら》えられる。マナが聞き返すと、アリアは慌てて違うと否定した。あまりに大きな声を出すから、ティアがアリアを注意する。

「いくら私たちだけだからって騒いだら駄目よ」

「うぅ～、だってマナが～」

「ふぅ、ボクは知らない」

温泉に浸かって、三人とも緊張が程よく解れてきている。厳しい旅の最中《さなか》でありながら、姉妹のように穏やかな時間を過ごしていた。

◇◇◇

アリアたちが湯船に浸かり、楽しい時間を過ごしている一方。隔てられた壁の反対側では、俺も湯船に浸かって寛いでいた。

壁と言ってもただの仕切りだから、反対側の声も聞こえてくる。彼女たちが話している内容も、全部ではないけど耳に入ってきた。

大声を出して慌てるアリアと、それを注意するティア。マナはたぶん、気にしないでのんびり湯船に浸かっているだろう。グリアナさんは三人を見守っているのかな。

「楽しそうだな～」

ちょっとだけ、向こうに交ざりたい気持ちが芽生えてくる。別にいやらしい理由ではなく、単に楽しそうだから、自分も交ざりたいと思っただけだ。

こういう時、自分一人だけが男だということを実感して、少し寂しくなったりする。最初は六人で始めた旅も、もうすぐ終点だと思うと感慨深い。俺の中にある英雄たちの記憶でも、目的に近づくにつれ寂しさを感じていたな。

ようやく終わるという期待と、みんなとの旅も終わってしまうという寂しさ。彼らは天に選ばれて集まったから、旅が終わればそれぞれの場所に帰ることがわかっていた。だからこそ、いつか訪れる別れを寂しいと感じていた。

だけどそれは、旅が楽しかったからこそ思えることに他ならない。彼らの旅路は充実していた。六人の誰にとっても、掛け替えのない思い出だった。それを俺は、誰よりも知っている。彼らの想《おも》いを、記憶を受け継いでいるから。

「俺も……そう思えるといいなぁ」

旅の終点が近づいている。この国を出て山脈を越えれば、もう後戻りは出来ない。元より戻るつもりなんてないけど、その先に待っているのは最後の戦いだ。結末がどうあれ、俺たちの旅はそこで終わる。

全《すべ》てが終わって、成し遂げた時に思いたい。俺たちの旅は、英雄たちに負けないくらい楽しくて、掛け替えのないものだったと。

それからしばらく空を見上げ、聞こえてくるアリアたちの声を聞きながら温泉を堪能した。


三十分くらい温泉に浸かった俺は、用意されていた浴衣《ゆかた》という服に着替えてロビーで涼んでいた。思いのほか長風呂をしてしまって、あと数分入っていたらのぼせていただろう。

「ふぅ……アリアたちはまだ入っているのか」

ロビーには他のお客さんもいるけど、アリアたちの姿はない。俺が湯船から出る直前まで、女湯のほうから声は聞こえていたし、まだ入っているのだろう。グリアナさんも一緒だし、のぼせて倒れている、なんてことにはなっていないはずだ。

彼女たちが出てくるまで、何か暇つぶしでも探そうかと、ロビーに置かれていた本棚を見る。ほとんど知らない本ばかりだったが、一冊だけ目に留まるタイトルがあった。

「ドラゴンと巫女《みこ》……これってもしかして」

俺はその本をとり、腰を下ろしてページをめくる。本に書かれていたのは、今からずっと昔のお話で、所謂《いわゆる》おとぎ話というものだった。

昔々、ある所に一人の少女がいた。彼女には不思議な力があった。それは人間以外の生き物と言葉を交わすことが出来る力。犬や猫、鳥はもちろん、魔物とも言葉を交わすことが出来た。

好奇心旺盛《おうせい》な彼女は、いろんな動物たちと話をして、たくさんのお友達を作った。そして彼女は新しい友達を探しながら、世界中を旅していた。

そんな時立ち寄った小さな街で、彼女はある噂《うわさ》を耳にした。

街の近くにある山に大きな黒いドラゴンが住んでいる。そのドラゴンは街の畑を荒らしたり、街の人を驚かせたり、悪さばかりするそうだ。

「先生！」

「ん？　ああ、三人とも出たのか」

途中まで読んだところで、アリアたち三人が温泉から上がってロビーにやってきた。三人とも浴衣に着替えている。

普段から冒険者らしい服装を見ることが多いので、浴衣のようにゆったりとした服装をしていると、何だか新鮮で見入ってしまいそうだ。特に今は湯上りで、髪や肌が濡《ぬ》れていて、三人が近づくと仄《ほの》かに良い香りがする。

　言葉も発さずに彼女たちを見つめていた俺は、どうしたのと首を傾《かし》げる彼女たちを見て、急に恥ずかしくなる。

「あ、えっと、グリアナさんは？」

「もう少しゆっくりしてから出るって！」

「そっか」

　教えてくれたアリアは、俺が手に持っていた本に気付く。

「先生は本を読んでたの？」

「ああ。この本……たぶんだけど、ドラゴンテイルが誕生したきっかけが書かれていると思うんだ」

「え？　そうなの？　私も読んでみたい！」

　アリアがそう言うと、ティアとマナも興味を示す。

「私も知りたいです」

「ボクも」

「じゃあ一緒に読むか。グリアナさんが出てくるまで」

　そうして俺は三人を交えて、再び本へと視線を戻す。途中まで読んだ冒頭を、彼女たちに聞かせるように読み返して、続きを読み始める。

　魔物の言葉がわかる少女は、悪さばかりするドラゴンの話を聞いて、彼に興味を持つようになった。そして彼女は街の人に場所を聞いて、ドラゴンに会いに行った。

こうして少女とドラゴンは出会った。二人は言葉を交わし、時間をかけて打ち解けて、やがて親友と呼べる存在になった。

このことをきっかけに、他のドラゴンたちも人間と関わりを持つようになった。人間たちも最初こそ怯《おび》えていたが、彼女が彼らの気持ちを代弁することで、少しずつ理解を深めていった。

本に書かれていた物語は、少女とドラゴンが幸せに楽しく暮らすところで終わっている。短いお話だったけど、最後まで読んだ感想をアリアが口にする。

「良いお話だね」

「ああ」

その通りだ。とても素敵なお話で、おとぎ話としてはこれで良いのだろう。

だけど、俺は知っている。二人の話が、ここで終わったわけではないのだと。過程は何もわからないけど、結末だけは知っている。

もしも機会があるのなら、二人の物語にも触れてみたいものだ。


グリアナさんが上がってくるのを待ってから宿屋に戻った俺たちは、自分たちの部屋に戻る前に、一度俺の部屋に集まって今後のことを話すことにした。

部屋にはベッドが二つ並んでいて、俺たちはベッドの端で向かい合うように座る。全員が座ったところで、俺から明日以降のことを話す。

「山脈さえ越えれば、いよいよ目的の場所だ」

四人が頷《うなず》く。

「で、その山脈越えが問題になってて、馬車じゃ越えられない。徒歩で行けば何日もかかるし、迂《う》回《かい》すればもっとかかる。そこでこの街に立ち寄ったわけだ」

ドラゴンテイルを訪れたのは、休息をとる以外に重要な目的があった。それは山脈を越える移動手段を確保することだ。

「ここはドラゴンの街でもある。飛竜種、ワイバーンを借りて、一気に山脈を越えれば一日もかからない」

「それは私も聞きましたが、実際に乗れるものなのですか？」

質問してきたグリアナさんのほうを見ながら、俺は答える。

「ワイバーンを貸してくれるのは本当らしいですよ。さっき温泉施設の受付の人も言っていましたから」

「なるほど。いつの間にか確認していたのですね」

「ええ。ただ乗る練習は必要だから、出発は明後日《あさって》になると思います。明日ワイバーンを借りて、一日練習してから行きましょう」

さすがの俺も、ワイバーンの乗り方は知らない。かの英雄たちですら、ワイバーンには乗ったことがない。

彼らが旅をしていた当時、この辺りの気候は穏やかで、寒くもなく雪も全く降っていなかった。

だから山脈越えも容易だった。それが現代では、いつの間にか環境が大きく変わって、山脈は真っ白な雪化粧に包まれている。

英雄たちも経験していないことを、これから俺たちはやろうとしている。そう思うと、旅の過酷さが増したことの辛《つら》さよりも、彼らに自慢したいという気持ちが、少なからず湧《わ》き上がってくる。

「まぁそういうわけで、明日からはまた忙しくなる。ゆっくり休めるのはこれが最後になるだろうから、しっかり休むように」

「うん！」

「はい！」

「いつでも寝れる」

三人がそれぞれに返事をして、グリアナさんもこくりと頷く。俺も彼女たちに言いながら、今晩はしっかり休もうと思っていた。


しかし、その晩、俺の部屋を訪ねる者があった。

アリアだ。

アリアは神妙な面持ちで切り出した。

「先生、お願いがあります」

◇◇◇

翌日の朝、早起きした俺たち五人はワイバーンを貸してくれるという場所に足を運んでいた。鋼鉄の柵《さく》で囲われ、中にいるのが怖い顔をしたワイバーンであることを除けば、牛舎と造りは変わらない。

最初に受付に顔を出したが、誰《だれ》も立っていなかった。周囲を見渡しても人の影はなく、建物の奥から誰かの声が微《かす》かに聞こえてくる。

「すみません。ワイバーンを貸して頂きたいのですが」

「おっ、お客さんかい？　ちょっと待っててくれ！」

大きな声で呼びかけてみると、奥から男性の声が返ってきた。俺はわかりましたと返事をして、しばらく待つことに。

その後、五分くらい待って竜人族の男性がやってきた。

「待たせて悪いね。ちっとワイバーンの餌やりをしてたな。んで、あんたらワイバーンに乗りたいんだって？」

「はい。人数分お願い出来ますか？」

「えーっと、三、四、五人だな。いいぜ、うちには三十匹いるからな」

男性は指をさしながら俺たちの人数を数えてそう言った。続けて手続きをするからと、受付台の下から用紙を取り出し質問を投げかけてくる。

「一応確認するけど、あんたら初めてだよな？」

「はい。乗るのも貸して頂くのもこれが初めてです」

「だったら乗り方の講習も受けるかい？　ちょうど客も少ないし、サービスしとくぜ」

「お願いします」

元から乗り方を教えてもらいたいと思っていた。講習というのがあるのなら、ぜひ受けておきたいと思う。

俺が返事をすると、男性は用紙にペンを走らせながら次の質問をしてくる。

「んじゃ貸出しの期間は？」

「えっと、正確な日数が決まっていないんですが、日数の制限とかってありますか？」

「あるぜ。一日から七日間だ。わからないなら最大の七日にして、早く戻ってくればその分の差額を返すことも出来るぜ？」

「それなら七日間でお願いします」

山脈越え自体は一日で出来るだろうけど、その後のことは正直予想が出来ない。とはいえ七日間もあれば、さすがに戦いも終わっているだろう。

「んーっと、そうだ。これ聞いとかないとな。あんたら何のためにワイバーンが必要なんだ？」

「山脈を越えるためです」

俺が答えると、男性はスラスラ走らせていたペンをピタリと止める。

「……山脈？　それってーと、グレーベル山脈のことだよな？　ここらで山脈っつったらあそこしかねぇ」

さっきまで陽気に話していた男性だったが、山脈という単語を聞いてから、急に静かになって表情も険しくなる。

「はい。そうです」

「……悪いな。そういうことなら貸出しは出来ねぇんだ」

「え？　どうして急に？」

「すまねぇな。うちのワイバーンを死なせたくないんだよ」

受付の男性は悲しそうな眼《め》をしている。どうにも理由がある様子で、イジワルで言っているわけではなさそうだった。だから俺は、彼に理由を尋ねることにした。

「理由を教えて頂けませんか？」

「……実はな、ここ最近になって山頂の気候が変わっちまったんだよ」

「気候がですか？」

「ああ。端的に言えば、元々厳しかった気候がもっと厳しくなった、って感じだな」

そう言って、彼は詳しい説明をしてくれた。

変化の始まりは二月ほど前だという。ドラゴンテイル周辺の気候は元々厳しく、変化しやすかった。しかし例年を遥《はる》かに上回る降雪と暴風が続いているらしい。

「おたくら外から来たんだろ？　なら街に入る前の吹雪《ふぶき》は体験したよな？」

「はい。かなり吹雪《ふぶ》いていましたね」

「いまの山頂はあれの十倍は吹雪いてるぞ」

「十倍⁉」

街へ到着する前の吹雪を思い出す。その十倍なんて、想像するに余りある。

「しかも空は大荒れ、常に最悪の状態でな。とてもじゃねぇが、小さい飛竜種じゃ越えられない。あとそれだけじゃねぇんだ。本格的に荒れる前、冒険者が山脈越えをするためにワイバーンを借りてったんだが……帰ってこなかった。ワイバーンも、人もな」

「それって……理由は？」

「わからねぇよ。ただ一人や二人じゃねぇんだ。何か恐ろしいものが待っている……と思う」

その話を聞いて思い当たるとすれば、呪《のろ》いの王の復活関係だ。俺たちが旅を始める前から、復活の兆候はあっただろうし、眷属《けんぞく》も動いていたはずだ。

「そういうわけだから、ワイバーンは貸せない」

「……そうですか」

そこを何とか貸してほしいと、言えるような話ではなかった。すでに行方《ゆくえ》不明者が出ていて、ワイバーンにも被害が出ている。彼が貸出しを拒否する理由は明白だ。

「……あの、ワイバーン以外に山脈を越える方法はありませんか？　俺たちはどうしても、あの山脈を越えなくちゃいけないんです」

「迂回するんじゃ駄目なのか？」

「それだと時間がかかりすぎるんです」

「う～ん……」

男性は真剣に悩んでくれていた。目を瞑《つぶ》り、頭に手を当てて考えている。そして彼は、考えるポーズを崩さないまま口を開く。

「あの環境を越えられるのは、たぶん竜神様だけだろうなぁ～」

「竜神様？」

「おう。この国の守り神様で、何千年も生きてるっていうでっかい黒竜がいるんだ。何でもこの国に伝わるおとぎ話のモデルになった方らしくてな？　随分お歳《とし》を召されているが、あの方ならどんな環境でも越えられると思う」

おとぎ話のモデル……ということは、その竜神様の正体はあの……。

「つっても、協力してくれるかはわからねぇけどな」

「そうなんですか？」

「ああ。竜神様は山脈の麓《ふもと》にある洞窟《どうくつ》にいらっしゃるんだが、そこから一切出ようとしないんだ。国のお偉いさんや、俺も会いに行ったことはあるんだが……話は聞いてくれても、洞窟から出てくれなかったよ」

彼の話によると、その竜神様という黒竜は友好的だが協力的ではないとのこと。今まで助けを求めても、自分たちだけで何とか出来るだろうと突っぱねられたとか。

「何かな～。竜神様と話した感じ、寂しそうだったんだけど」

「寂しそう……ですか」

「そう思っただけで、実際はどうかわかんねぇよ」

俺は彼に、その他の方法はないのかと質問した。彼はそれ以外に方法はないとキッパリ答えてくれた。となれば、俺たちは竜神様の力を借りるしかない。ただ、一筋縄ではいかない気配がしている。

しかし、その竜神様の正体が、俺の想像する通りなら……。

「最後に一つ、そのおとぎ話っていうのは実話ですよね？」

「ん？　ああ、そうらしいな。実際に巫女《みこ》様が使ってたっていう横笛の遺品が展示されているし」

「それってどこにありますか？」

俺が勢いよく聞きすぎて、受付の男性は若干気圧《けお》されながら答える。

「温泉施設あるだろ？　あの横に記念館っつーのがあってな。何だ？　おとぎ話に興味でもあるのか？」

「ありますよ。おとぎ話というより、二人の物語に」

この国に来てずっと気になっていたことの一つだ。それが山脈を越えるための鍵《かぎ》になるかもしれない。そう考えた俺は、皆をつれて記念館へ足を運んだ。そこで展示されている古びた横笛を見つけて、係員に頼み込んで触らせてもらった。

そうしてすぐに継承を開始する。人間とドラゴン……違いすぎる二人の物語を、この身をもって体験する。

幕間　竜の巫女ミスラ

『昔々、ある所に心優しい少女と寂しがり屋なドラゴンがいました』

これは伝説などではなく、後の世におとぎ話として語られる実話。聞けば心温まる物語……その真実。

心優しい少女には、動物や魔物の言葉を聞く特別な力があった。彼女はその力で様々な生き物と交流を持ち、たくさんの友人を作った。彼女はまだ見ぬ友人との出会いを求めて、世界中を旅してまわることにした。

その果てで、彼女は一匹のドラゴンと運命の出会いを果たす。ドラゴンは凶暴で強大で、人々にとっては畏怖《いふ》の対象だった。彼女が出会ったドラゴンは黒く、他のドラゴンよりも強くて怖い存在だった。

しかし彼女は恐れなかった。なぜなら彼女には、そのドラゴンの声が聞こえていたからだ。悪さばかりする彼が、本当は寂しがり屋だということを知っていた。だから彼女は語り掛けた。恐ろしいドラゴンに怯《ひる》むことなく、自分の気持ちを真っすぐに伝えた。

そんな彼女の言葉を聞き、優しい温かな心に触れたドラゴンは、彼女のことを特別に思うようになっていた。そうしていつの間にか、二人は親友と呼べる存在になっていた。

彼女は言う。

「きっとこの旅は、君に出会うためのものだったんだ」

ドラゴンは返す。

「オレが生まれてきたのは、お前に出会うためだったんだ」

人間とドラゴン、決して近くない存在同士が惹《ひ》かれ合い、共に生きることを望んだ。いついかなる時も傍《そば》にいて、互いが互いを守り合う。そんな関係がいつまでも続いてほしいと思っていたのは、彼女たちだけではなかった。

二人の友情を見ていた周囲の人々も、ドラゴンと交流を持ち始めた。怖いだけの存在が、身近にいる友人のようになったのは、この時が初めてだろう。

二人の出会いが常識を変えてしまったのだ。

しかし、どんな物語にも終わりはある。二人の優しい物語は、突然始まった大きな戦いの果てに、悲しい最後を迎えることになる。

◇◇◇

私が初めて動物の声を聞いたのは、両親が病気で亡くなった日のことだった。私はまだ小さくて、大好きだった両親の死を受け入れられなかった。

「うぅ……お父さん、お母さん……」

悲しくて、辛《つら》くて、私は一人で泣いていた。すると、どこからか声が聞こえて来た。それはかぼそくて、今にも消えてしまいそうな声で、私と同じように泣いているようだった。

私は声のする方向へ近寄ってみた。一人で寂しかったから、誰かと一緒にいたいと思ったんだ。

そうして草木をかき分けて進むと、そこにいたのは人間じゃなくて……。

「わんちゃん？」

必死に泣いていたのは子犬だった。ワンワンという犬の鳴き声が、頭の中では言葉になって聞こえる。

子犬は寂しくて泣いていた。その子犬は、お母さんと離れ離れになってしまったらしい。私はその子犬と一緒に泣いて、話をして、少しだけ心が軽くなった。

それから私は子犬のお母さんを探し始めた。私と違って、子犬は離れてしまっただけだから、探せば再会できると思って。そうして見つけて、子犬と母犬は再会した。嬉《うれ》しそうな二人を見て、私は思った。

人間も動物も関係ない。みんな寂しがり屋で、一人ぼっちは悲しいのだと。

きっと世界には、私みたいに一人になって寂しい思いをしている誰かがいる。私はそんな誰かと、お友達になりたいと思った。一人が寂しいなら、一緒にいられる誰かを見つければいい。

旅を始めて二年半。私は大きな山の麓にある小さな村に訪れていた。何でもその村の人たちは、悪さをするドラゴンがいて困っているという。詳しい話を聞いて、私には動物の言葉がわかると伝えると、村人はこう言った。

「どうかあのドラゴンを懲らしめてやってください！」

「ふふっ、懲らしめるかどうかはわかりませんよ？　私はただ、そのドラゴンさんと話がしてみたいだけですから。それに案外、話してみたら気の良いドラゴンかもしれませんし」

村の人たちの話を聞いて興味を持った私は、ドラゴンがいるという山の天辺《てっぺん》まで足を運んだ。そこには聞いていた以上に大きくて、格好良い黒いドラゴンが居座っていた。

「おい何だ？　見ない顔だが何をしに来やがった？　人間の小娘ぇ」

「初めましてドラゴンさん、私はミスラと言います」

「ああ？　ミスラ？　ん、待てお前……まさかオレ様の言葉がわかるのか？」

「はい、わかりますよ。ちゃんと聞こえてます」

私がそう言うと、ドラゴンさんは首を傾《かし》げているように見えた。私のように動物の言葉がわかる人は稀《まれ》だから、彼にとっても珍しいのだと思う。

「私はドラゴンさんとお話に来たんです」

「話？　何の話をするっていうんだぁ？　ドラゴンのオレ様と、人間のお前で」

「うーん……何の話をすればいいんでしょう？　特に考えてませんでした」

「は？　何なんだよお前……」

呆《あき》れられているのも伝わった。この時点で私は、ドラゴンさんが悪いだけのドラゴンじゃないと気付いていた。

「ねぇドラゴンさん、何で悪さばかりするんですか？」

「そんなもん決まってるだろ？　オレ様はドラゴンなんだぜ？　人間の敵だ」

「それは嘘《うそ》です。君は人間を敵だなんて思ってません。だって敵だと思っているなら、パクって食べちゃえばいいのに」

村の人たちの話に、ドラゴンに食べられたというものはなかった。悪さの内容も、畑を荒らしたり、急に出てきて驚かせたり。まるで構ってほしい子供の悪戯《いたずら》みたいだ。

「君は寂しいんです。誰かと一緒にいたいから、見ていてほしいからそんな悪さをしていたんでしょう？」

「……ふざけるなよ人間。オレが寂しいだと？」

「うん、君は寂しがり屋。私も同じだから……友達になってほしいな」

「友達？　オレとお前が？」

私はこくりと頷《うなず》いた。すると、彼はしばらく黙り込んで、急に大笑いを始める。

「ふ、ふはははははははははは！　こいつは馬鹿だな！　オレ様とお前が友達？　そんなもんなれるわけねーだろ！」

「なれるよ。だって私はもう、君と友達になりたいと思っているから」

「無理だね。そんなことありえない」

「うーん、じゃあ……私と勝負しましょう！　私が勝ったらお友達になって。もし負けたら、私のことを好きにして良いですから」

これがきっかけだったと思う。勝負と言っても戦いをしたわけじゃない。彼が決めたルールに従って行われる彼なりの試練みたいなもの。

最初の試練は、飛び回る彼の背に乗って最後まで音を上げないでいられるかだった。ドラゴンの背に乗るなんて未知の体験で、ビックリするくらい速くて。

「楽しい！　すっごく楽しいよ！」

「ああ？　だったらもっと速度上げてやる！　ぶっ倒れてもしらねーからな！」

そう言ってドラゴンは飛ぶ速度をどんどん上げていった。さすがに辛くて、息苦しさは感じていたけど、やっぱり楽しさのほうが勝る。結局そのまま山脈を何周もして、いつの間にか夜になっていた。

「お前……本当に人間か？」

「見ての通り……人間……だよ」

飛び回って疲れた彼と、しがみ付くのに疲れた私。二人で山頂の地面に寝そべって、星々が輝く夜空を見上げていた。

「これで私の勝ちだし、君と私はお友達だね」

「ちっ……まだ終わりじゃねぇ。次の勝負次第だ」

「いいよーそれでも。私はもう友達だと思ってるから」

「けっ、勝手にしろ」

それから私たちは、毎日のように勝負という名前で一緒に遊んだ。いつの間にか彼も勝負と言わなくなって、自然に遊ぶようになっていった。きっかけさえあれば、人間とドラゴンも友達になれる。

「そう言えばさ？　君って名前はないの？」

「あ？　あるわけねぇだろ」

「ええ～。だったら私が付けてあげるよ！　名前があったほうが呼びやすいしね」

ずっと君とかドラゴンさんと呼んでいたけど、友達同士なんだし名前で呼び合いたい。そう思って、私は彼の名前を考えた。

「じゃあノワールってどうかな？　そのまんま黒いって意味なんだけど」

「ノワール……ノワールか」

「気に入ってくれた？」

「まぁ、悪くはねぇよ」

こうして彼にノワールという名前をあげた。ちょうど同じ頃《ころ》からだったと思う。村の人たちも、ドラゴンを怖がらなくなって、交流を持ち始めたのは。それから彼と一緒に遊んで、いろんな場所を飛び回って、楽しい時間が過ぎていった。だけど、そんな日々は突然終わってしまった。

山脈を越えた先で、恐ろしい存在が誕生してしまったからだ。その名も呪《のろ》いの王。魔物や悪魔たちを引き連れて、人間を滅ぼそうとしてきた。

私たちの村も狙《ねら》われて、村の人たちは怯《おび》えていた。

「心配しないで！　私たちがいるから！」

「ああ、そうだぜ人間ども！　ここはオレ様の縄張りだ！　よそ者に好き勝手されてたまるかよ！」

私とノワールは一緒に戦った。呪いの王の眷属《けんぞく》や悪魔たち、一部のドラゴンも敵に回ってしまったけど、皆を守るために戦った。

穏やかだった毎日は、血なまぐさい日々へと変わってしまった。それでも私は辛くなかった。大切な友人が一緒にいてくれるから。ノワールが一緒なら、どんな時でも元気が出る。

そう……彼と一緒なら。

ただ、どれだけ気持ちが通じ合っていても、私が人間で、彼がドラゴンである事実は変わらない。人間の身体《からだ》は弱くて脆《もろ》い。長い戦いに疲れ果てて、私の身体は限界に近づいていた。

そんな時、とても強い旅の人たちが助太刀《すけだち》に現れてくれた。お陰でギリギリだった戦況が持ち直して、生き残った村の人たちも保護してもらえた。彼らがいれば、呪いの王の脅威もなくなるだろう。そう思ったら、急に緊張がほどけてしまった。

私の身体は、知らない間に呪いの力を受けていた。フレイヤさんという聖女の力でも、進行してしまった呪いは治せないという。

「ごめんなさい。私たちがもっと早く……」

「気にしないでください。皆さんのお陰で、村の人たちは助かりました」

来てくれなければ、私たちは守り切れなかっただろう。彼女たちは旅を続けなくてはならない。だから、もう大丈夫だと伝えて別れた。

それから……私はノワールと最後の時間を過ごすことにした。村の外れにある小屋は、天井が抜けていて上から覗《のぞ》き込めるようになっている。

横になっている私を、ノワールが覗き込む。

「……死ぬのか？」

「うん、たぶんね」

「……何でだよ。何でお前が死ななきゃならねぇんだ！」

「泣いているの？」

返事はなかった。いつもなら、泣くわけないだろと否定するのに、この時ばかりは本当に悲しそうで、冗談も通じなそうだった。

悲しまないで、と言ってあげたかった。けれど、悲しんでくれていることが嬉しいと思ったり、誇らしくも思えて、言うのを止《や》めた。

代わりには私は、彼に約束を願う。

「ノワール……私がいなくなった後も人間と仲良くね？　村のみんなを守ってほしい」

「ミスラ……」

「それが私の……最後のお願い。友達の……君にしか頼めない」

「……ああ、任せとけ」

ノワールの瞳《ひとみ》からは大粒の涙がこぼれ落ちていた。それでもちゃんと、私のお願いに力強く返事をしてくれた。たったそれだけで、私の心はいっぱいに満たされたんだ。

「ねぇ、ノワール……私ね？」

「ああ、何だよ……小さくて聞こえねぇよ」

「私は……」

それ以上、言葉は出なかった。私はノワールに見守られながら、最期を迎えた。

第七章　聞きたかった言葉は

竜と友人になった少女ミスラ。彼女の生涯を体験し、動物や魔物と対話するスキル『感覚共有』を手に入れた俺はその後、貸出し所の男性に聞いた場所へ向かった。

グレーベル山脈の麓《ふもと》に、巨大な洞窟《どうくつ》の入り口がある。暗くて不気味な洞窟の奥に、竜神様と呼ばれている黒いドラゴンがいるという。かの竜神様なら、常軌を逸した気候にも負けず、山脈を越えてくれるだろう。

洞窟に入った俺たちは、魔法で辺りを照らしながら奥へと進んでいった。

「本当にこんな洞窟の奥に、ドラゴンが棲《す》んでいるのか？」

「いますよ。間違いなく奥に」

グリアナさんの疑問に即答した俺は、まだ見ぬ奥地から感じる異様な気配に気付いていた。威圧感や緊迫感、何かに睨《にら》まれているような感覚だ。一歩一歩進む度に、その感覚は強まっている。

次第に、俺以外もその感覚に襲われ始めていった。会話が減って、警戒心を強めながら慎重に足を進めていく。

そして――

たどり着いた奥地に、暗闇《くらやみ》に溶け込む漆黒のドラゴンがいた。翼を休めるように地にべたりと伏せ、荒い鼻息で風が吹く。ギロリと開かれた両目は赤く、俺たちをじっと睨む。

「――何者だ？」

年老いたドラゴンの低い声が、暗い洞窟の中に響き渡る。スキルを継承した俺には、その意味が理解できる。しかし後ろにいる彼女たちには、恐ろしいドラゴンが口を開けて、威圧しているようにしか見えないだろう。

アリアたちはドラゴンの迫力に気圧《けお》されて、言葉も発せずに固まっていた。戦いを始める前のように身構えて、自然と武器に手が触れている。警戒するのも無理はないが、俺たちは戦いに来たわけじゃない。

「みんな、大丈夫だから」

彼女たちにそう言って、俺は一歩前に出てドラゴンに挨拶《あいさつ》をする。

「こんにちは、竜神様」

「……見ない顔だ。ここは……よそ者が立ち入って良い場所ではない」

「そう言わないでほしい。俺たちは物見遊山でここに来たわけじゃないんだ」

「む？　お前……ワシの言葉がわかるのか？」

ドラゴンは驚いたように大きく目を見開いて尋ねてきた。俺はそれに頷いてから答える。

「わかるよ。ちゃんと聞こえている」

「……」

竜神様はじっと俺のことを見つめている。数千年前に別れたかつての友を思い出しているのだろうか。俺はあえて、彼女と重なるように答えている。

「初めましてドラゴンさん。俺はユーストスと言います」

「――お前は……」

竜神様は言いかけた言葉を飲み込んでしまう。

「何をしに来たのだ？　人の子よ」

「実は貴方《あなた》にお願いがあって来ました」

「願い？」

「はい。俺たちはこの山脈を越えなくてはならない。そのために、貴方の力を貸してほしい」

俺は出来るだけ丁寧に、頭を下げてお願いしてみた。街の人の話では、竜神様は人間に危害を加えない。話も聞いてくれるという。ただ……。

「……それはできない」

「どうしてですか？」

「必要のないことだからだ。山脈を越えるなど、ワシの手を借りずとも出来るだろう」

竜神様は話を聞くだけで、協力はしてくれない。手を借りなくても出来ることなら、自分たちの力でやれと返される。

「そういうわけにもいきません。俺たちには一刻も早く行かなければならない場所があります」

「行ってどうなる？　あの地には何もない……闇と絶望以外には何も……」

「それをなくすために、俺たちは行きたいんです」

どうやら竜神様も呪《のろ》いの王の存在は感じ取っているようだ。山脈を越えた先が危険な場所だと理解しているから、行くべきではないと止めてくれている。そうだとわかって、何だか無性に嬉《うれ》しくなってしまった。

「あの頃《ころ》から変わっていないんだな」

「何か言ったか？」

「いいえ。もう一度聞きますが、どうしても協力しては頂けませんか？」

「出来ないと言っている。理解したのなら立ち去れ」

竜神様は話し終えると、再び目を閉じようとする。俺は彼の目が閉じる前に、彼女と同じ提案を口にする。

「だったら、俺と勝負してくれませんか？」

「——勝負だと？」

閉じかけていた竜神様の目が大きく開かれる。ギロっと睨むのではなく、ただ驚いて俺と視線を合わせている。

「そう！　俺と勝負しましょう。もしも俺が勝ったなら」

「願いを聞けと？」

「いいえ、俺と友達になってくれませんか？」

「友……達……」

竜神様は小さな声でぼそりと呟《つぶや》いた。俺は今、彼と彼女の出会いの記憶をなぞっている。彼は、危険な場所へ行こうとする俺たちを止めてくれた。その優しさが、俺の知る彼と変わらないままだとわかったから。

でもきっと、彼は忘れてしまったこともある。長い年月の中で、思いは変わらずとも、記憶は徐々に薄れていく。だからどうか、もう一度思い出してほしいと思った。

大切な思い出を、彼女と交わした言葉の数々を。

「お前は……」

「勝負をしましょう竜神様！　戦いじゃなくて勝負です。ルールはそうですねぇー……俺が貴方の背に乗るので、振り落とすつもりで自由に飛び回ってください。一度飛び立って、次に地に足を着けるまでに音を上げたり、振り落とされていなかったら俺の勝ち……でどうですか？」

彼らにとって最初の勝負である、一緒に空を飛んだ記憶。ミスラにとって大切な思い出の一つで、彼にとっても同じはず。

竜神様は俺をじっと見つめたまましばらく考えて、ゆっくりと口を開ける。

「……良いだろう。その勝負を受けよう」

「ありがとうございます」

俺は彼に頭を下げてお礼を言った。すると、後ろでその様子を見ていたアリアが、ぼそりと口にする。

「え？　今の条件で受けるの？　そんなの先生なら楽勝じゃ」

「ちょっとアリア！　向こうは私たちの言葉もわかるんだから」

「あっ！」

ティアに注意されて、アリアは慌てて口を閉じた。彼女たちに竜神様の声は聞こえない。だけど俺の返答から、どういう話をしているのかは推測できる。

相手にしているのが人間じゃないから、気を抜いて思ったことを口に出してしまったのだろう。今更閉じても、彼には聞こえていたに違いない。だけどそんなことは、彼にとっても、俺にとってもどうでも良いことだ。

「ふっ、先に洞窟を出るが良い。ワシは後から出る」

「わかりました」

俺は彼女たちに先に外へ出ると伝えた。そのまま背を向け出口に向かって歩き出す。

「待て」

そんな俺を、彼の声が引き留めた。立ち止まって振り返ると、彼は数秒間《ま》を空けて、俺にこう尋ねてくる。

「お前の……名は？」

「ユーストスですよ。さっき名乗った通り、俺はユーストスです」

「……そうか」

俺の答えを聞いた彼が、寂しそうに目を伏せる。きっと、ほしかった答えは別にあるのだろう。

それでも俺はユーストスだから。

その後、俺たちは言われた通りに洞窟を出た。外は相変わらずの猛吹雪《ふぶき》で、前が見えないくらいに真っ白だ。

アリアが震えながら言う。

「うぅ……寒い。ここで待っていればいいの？」

「だと思うけど」

そう答えた直後だった。突然地面からゴロゴロという音が鳴り響き、俺たちを凄《すさ》まじい振動が襲う。

「な、何だ？」

「師匠！　あれ見て！」

ティアが指さす先は、洞窟の上方で山の斜面。そこがビキビキと音をたててひび割れ、次の瞬間爆発が起こったかのように飛び散る。

飛び散った大地の中から現れたのは、巨大な翼を広げた黒いドラゴンだった。

「待たせたな、人の子よ」

「ははは……凄《すご》いな本当に」

翼を広げて飛ぶ彼は、圧倒的な存在感と凄みを身に纏《まと》っており、雪の白と対比になって、彼の漆黒が余計に際立っている。もしも何も知らずに出くわしたら、間違いなく恐怖を感じているだろう。

だけど今、俺が感じているのは純粋な感動だった。

彼女も初めて彼を見た時、同じように感動していたことを思い出す。

彼は俺たちの前に堂々と降り立って、顔を下げて俺と視線を合わせてくる。

「勝負を始めようか?」

「ああ」

頭を下げてくれたのは、ここから乗ってくれという意味だった。俺は彼の頭に飛び乗って、そのまま背のほうに移動する。

「じゃあ行ってくる」

「先生気を付けてね!」

「頑張ってください!」

「待ってる」

竜神様の背から彼女たちに手を振って、改めて大きな竜神様の背中にしがみ付く。

「準備は良いか?」

「はい。いつでもどうぞ」

「ならば……開始だ」

竜神様は大きく翼を広げ、羽ばたき一回で地面から飛び上がり、そのまま急上昇していく。俺は振り落とされないようにしがみ付いて、上から下へ押し寄せる風と重力に耐えていた。

「っ……」

予想していたよりも身体《からだ》に来る負担が大きい。環境も当時とは違うし、明らかに継承で体験した速度よりも速い。年老いて弱くなるどころか、彼は遥《はる》かに成長しているらしい。

「まだ始まったばかりだぞ?」

「わかってますよ！」

俺よりも年下の彼女が頑張って耐え抜いたんだ。俺がこの程度で音を上げるわけにはいかない。

竜神様は急上昇しきると、今度は真っ逆さまに急降下していく。さっきまでの重力と真逆の、身体が浮き上がる感覚に耐える。

続けて険しい斜面を滑り落ちるように斜めに飛び、そのままの速度を保って右へ左へ飛び回る。凄まじい速度でくらくらしそうだ。それに自分の意志で動いているわけじゃないから、身体中が揺さぶられて気分が悪くなっていく。

「きっついな……」

「もう降参か？」

「まだまだ！　降参なんてしないよ」

竜神様は翼を休めることなく縦横無尽に飛び回る。急降下と急上昇も加えながら、俺の身体をさらに揺さぶっていく。だけど次第に身体が慣れてきて、少しずつ余裕が出て来た。さっきまで目も開けられなかったけど、ようやく周囲の景色《けしき》に目を向けられる。

「ここって……」

気が付けば俺は、雲の上にいた。今までは耐えるのに必死で気付かなかったけど、いつの間にか雲の地面と青い空に挟まれている。

「凄い……凄いな」

雲の上まで飛んだのは初めてだ。飛ぶスキルは持っていていても、人間の身体で雲より上まで昇ることは難しい。こうしてドラゴンの背に乗らなければ、見られなかった景色。

この景色は英雄たちも知らない。知っているのは、ドラゴンと心を通わせた彼女だけ。そして今は、俺もその一人になった。

「凄いな……楽しい。ああ、確かに楽しいよ！」

「楽しい……か」

竜神様はぼそりと呟き、徐々に減速していく。そのまま雲の上で翼を羽ばたかせながら滞空姿勢を維持して、俺に尋ねてくる。

「……なぜ、力を使わない？」

「え？　力？」

「惚《とぼ》ける必要はない。お前は……ただの人間にはない力を持っているのだろう？　最初に見た時から感じていた。それにあの犬の娘も言っていたではないか」

犬の娘ってアリアのことか。やっぱり彼女が口を滑らせたのは聞こえていたんだな。

「その力を使えば、この程度は楽に耐えられたのではないか？」

「まぁ、その通りですね。確かに力を使えば楽に耐えられたと思います。けど、それじゃ不公平でしょう」

「不公平？」

「ええ。ドラゴンと友達になるんですよ？　ちゃんと同じ条件で挑まなきゃ不公平でしょう？」

俺の言っている意味は、彼には伝わると思う。かつて彼に勝負を挑んだ少女は、動物の言葉がわかるだけで、それ以外は普通の少女だった。

そんな彼女がドラゴンの背に乗り、縦横無尽に飛び回られても音を上げず、楽しいとまで言ったんだ。だから俺も、同じ条件で挑みたいと思った。

「お前は……一体何者なのだ？」

「勝負が終わればわかりますよ。友達になった後なら」

「……ふっ、ならばこれが最後だ」

竜神様は翼を大きく広げると、そのままさらに急上昇した。空に手が届きそうになるくらい高く、空気も薄くなって呼吸が出来るギリギリ。

そこから一気に、地上へ向けて急降下していく。

「うぐっ、ぐ……」

今までにない衝撃が全身を襲う。手足に力も入らなくなってきて、しがみ付くのも限界が近い。だからこそ、最後の力を振り絞る。振り落とされないように、放さないように。

そして、勢いを保ったまま巨体が地面に着地して、降り積もっていた雪が四方へ舞い上がった。最後の衝撃は一番強くて、着地直後に手の力が抜けてしまう。そのまま俺の身体は放り出されて、地面に転がった。

「……ぅ、さすがにきつかったなぁ」

どうやら周囲への影響を考えて、アリアたちから離れた場所に降りてくれたらしい。優しい気づかいにホッとして、大きく深呼吸をする。

「生きているか?」

「もちろん」

「……そうか」

「ふぅ、これで勝負は俺の勝ちだな」

仰向《あおむ》けに寝転がっていた俺は、寝返りをうって手足に力を入れる。何とか自力で立ち上がって、彼と顔を合わせた。

「楽しかったよ。生まれて初めての経験が出来た」

「ふっ、しがみ付くだけで精いっぱいだった奴《やつ》がよく言う」

「最初はそうだったけど、途中からちゃんと楽しめた。ドラゴンの背に乗ったのなんて、現代じゃ俺が初めてじゃないかな?」

そう考えると嬉《うれ》しくなって、自然に笑みがこぼれていた。

「まぁともかく、勝負は俺の勝ちなんだから、今日から俺の友達になってもらうよ?」

「……」

返事はない。彼は黙って、俺のことを見つめている。

「友達同士になったわけだし、これからは名前で呼び合いたいな。俺はユースって呼ばれているから、そう呼んでくれると嬉しい」

「……ユース」

「ああ。これから俺たちは友達だ……ノワール」

彼の名前を口にした俺を、彼は泣きそうな目で見つめる。

ノワールというのは、ミスラが彼に付けた名前だ。その名前を呼んだのは、長い歴史の中で彼女だけだった。当時の人たちも、彼の名前を知りながら、あえて呼ぶことはなかった。その名前は、ミスラと彼の絆《きずな》の証《あかし》だから。

それから長い年月をかけて、彼が竜神様と呼ばれるようになって、いつしか本当の名前を知る者はいなくなった。

現代に残っているおとぎ話にも、寂しがり屋なドラゴンの名前は記されていない。誰《だれ》も、かのドラゴンの名前を知らない。知っているのは名前を付けた彼女と、彼女のことを知っている者だけだ。

彼は泣きそうな目で、泣きそうな声で言う。

「……お前……なのか?」

「違うよ」

俺は首を横に振ってそう答え、さらに続ける。

「俺は彼女じゃない。ただ、彼女のことを知っている。彼女が何を見て、何を思ったのかを知っているだけだ」

記憶と思いを受け継いでも、俺は俺でしかない。別の誰かには決してなれない。彼女はもう、この世にはいない。だから会うことは出来ない。

それでも、記憶と思いを受け継いだ俺だから伝えられることもある。

「ノワール、貴方の大切な友人が……ミスラが最後に伝えようとして、伝えきれなかった言葉があることを覚えていますか？」

「ああ。私は……と、その後の言葉は聞こえなかった。あいつが何を言おうとしていたのか……わからなかった」

「その言葉の続きを、俺が代わりに伝えましょう」

継承によって彼女の心に触れた俺には、彼女が最期の瞬間に、何を伝えたかったのかわかる。きっと彼も、それが知りたいはずだと思っていた。

たった一人の友人を思い、現代まで生き続けた偉大なドラゴンに、親愛なる友人として彼女の思いを伝えよう。

彼女が最期、彼に伝えたかった言葉は――

「私は……貴方《あなた》に出会えて幸せだった。貴方と一緒にいられて幸せだった。愛しています……私の大切なノワール」

「ミスラ……」

これが彼女の思い、種族を超えた愛。彼女はノワールとの出会いを心から喜び、幸せを感じていた。それを聞いたノワールの瞳《ひとみ》からは、大粒の涙がこぼれ落ちた。

「ミスラ、ミスラ……ワシも……オレも幸せだった！　お前と共にいられて……幸福だった。オレも……お前を愛しているぞ」

ノワールはミスラへの思いを口にして、ボロボロと涙を流し続けた。流れ落ちる涙は、純白の雪を優しく溶かしていく。

ドラゴンの涙と聞くと、何だか特別で希少な物のように感じる。だけど実際は、俺たち人間と変わらない。悲しくて、温かな涙だった。

◇◇◇

地面に二度目の衝撃が走り、ノワールの着地を感じ取っていたアリアたち。しばらくじっと待ちながら、心配そうに遠くを見つめる。

「先生……大丈夫かな？」

「きっと大丈夫よ。私たちの師匠だから」

「……あれ」

マナが何かに気付いて空を指さす。その先には、黒い翼を広げるドラゴンと、その背に乗る一人の人間の姿があった。

◇◇◇

「待たせてごめん」

「先生！　良かった無事だったんだね！」

「見ての通りな」

三人とも俺を見て安心した顔を見せる。どうやら心配をかけてしまったらしい。

「心配かけてすまなかった」

「いえ、師匠なら大丈夫だって信じていましたから」

「さすがお兄さん」

ティアとマナがそう言ってくれるから、これ以上は謝らないことにしよう。

「じゃあさっそくだけど、みんなもノワールの背に乗って」

「え、いいの？」

「無論だ。友の頼みを無下にしては、彼女に怒られてしまうからな」

アリアの質問にノワールが答える。彼の言葉はアリアには聞こえていないから、俺が代わりに伝えてあげた。

「通訳などするな」

「恥ずかしがらないでよ」

ノワールが優しくて頼りになるドラゴンだと、彼女たちにも知ってほしいと思う。勝負を終えて吹っ切れたのか、ノワールには初めに感じていた異様な威圧感がなくなっていた。

お陰でアリアたちも、ノワールを警戒することなく背に乗る。全員が背中に乗ったのを確認してから、ノワールは俺に言う。

「では行くが、乗り心地には期待するな？　人を乗せるのは数千年ぶり、外に出るのも久しぶりじゃ」

「ずっと洞窟《どうくつ》に引きこもっていたんだよね？　どうして？」

「大した理由はない。ワシとて初めは人間たちに協力した。ワシ以外のドラゴンの中にも、人間と交流を持つ者が増え、中には人間に近い姿へ進化する者もいた」

それってまさか、竜人族の始まりのことか。謎に包まれていた竜人族の誕生は、ドラゴンが独自に進化したということ。思わぬ形で、以前から知りたかった疑問も解消された。

ノワールは話を続ける。

「順調に進んでいた……彼らは人間とのコミュニケーション能力も獲得し、自分たちの手で生き抜いていた。そのうち思った……ワシが力を貸す必要はないと」

「だから洞窟の中に？」

「ああ。ワシなしでも生きていけるなら、変にワシが力を貸さないほうが良いと思った。それからワシは、じっと彼らを見守っていた」

「……そうか」

洞窟の奥深くにいながら、大切な友人との約束通り、ドラゴンテイルの人々を見守っていたということか。

「では行くぞ」

「ああ。頼むよ！」

そうして俺たちを乗せたノワールは空高く飛び上がって、そのまま吹雪《ふぶき》とは無関係の雲の上まで突き抜けた。人ではたどり着けない高さ、ワイバーンでも雲の上までは飛べないという。

久々の青空と、眼下に広がる雲の海。

ノワールだからこそたどり着ける高さに、アリアたちも感動で声が漏れる。

「凄《すご》い……」

「こんな景色《けしき》……初めて見ました」

「綺麗《きれい》」

「雲の上……まるで別世界だ」

彼女たちの感動はノワールにも届いているだろう。彼はしばらくゆっくり飛んで、彼女たちに景色を堪能させていた。


しかし山頂付近の上空だけは、話が違った。そこだけは奇妙に灰色の雲が覆いかぶさっていた。まるで山脈に灰色の布を被《かぶ》せたようだ。

「原因はあれだ。目を凝らして前を見ろ」

ノワールに言われて、俺は灰色の雲の奥に淡い紫色の光を見つける。

それに——

「スカルドラゴン？」

現れたのは骨と化したドラゴン。大きさはワイバーン程度で、数は五体。厳密にはドラゴンではなく、ドラゴンの屍《しかばね》から生まれたアンデッドだ。

五体のスカルドラゴンは円陣を組み、中央に浮かぶ紫色の球体を守っている。球体から感じ取れる禍々《まがまが》しい力……間違いなく呪《のろ》いの力だ。

「あの球体が、この異常気象を生み出しているのか？」

「そのようだ……ユース、他の者に身を屈《かが》め、しっかり掴《つか》まるように伝えろ」

「わかった」

ノワールは何かするつもりらしい。俺は言われた通り、彼女たちにノワールの言葉を伝えた。

「哀れな同胞よ……お前たちに恨みはないが、友の道を空けてもらおう」

ノワールは大きく顎《あぎと》を開け、高濃度の魔力を口に集めていく。かつてユリアスが対峙《たいじ》した竜よりも、さらに凝縮された魔力だ。

「せめて一撃で……終わらせよう」

それはドラゴンが放つ至高の一撃。膨大な魔力を高濃度に圧縮し、一か所に集めて爆発的に放つ大技。その一撃は山を砕き、海を裂き、大地を割ると言われている。

「――竜王の咆哮《ドラゴンブレス》」

俺が技の名を口にしたと同時に、ノワールは高圧縮した魔力を放出、スカルドラゴンに向けて撃ち放った。

圧倒的な破壊力で空間すら捻《ね》じ曲げ、周囲の雲ごと吹き飛ばす。咆哮《ほうこう》の光は雷より速く、ほうき星よりも長く伸びていった。

ドラゴンの一撃によって雲が晴れ、二か月ぶりに青空が顔を出す。街の人たちも驚いて空を見上げていることだろう。

そして彼らは見つけるに違いない。青空に舞う黒い友人《ドラゴン》の姿を。

第八章　太陽の届かない場所

グレーベル山脈を越えた先。大陸の最西部……そこには、太陽の光が一切届かない場所がある。

極夜と呼ばれる一日中夜が続く現象が、常に続いている地域だ。

いつまでも日は昇らない。朝と夜の区別はなく、常に星々が夜空を照らす。一見ロマンチックな場所にも聞こえるが、実際は真逆と言って良い。

ノワールの背に乗って山脈を越えた俺たちはしばらくの間、徐々に黄昏《たそがれ》ていく空を真っすぐ西へと進んでいった。ドラゴンテイルはまだ昼過ぎのはずだが、だんだんと夜の領域が近づいているのだろう。すでに頭上の空は大分紫がかっている。

ある程度まで進んだところで、ノワールが口を開いた。

「すまないが、ワシが案内できるのはここまでだ」

そう言ってノワールはゆるやかに着地し、俺たちが降りやすいように身体《からだ》を低く伏せた。

「ワシはドラゴンテイルにいる友人たちも守らねばならない。ここからは呪いの力がさらに濃い……気を付けて進めよ」

「ああ、わかってるよ」

ノワールの言う通り、山脈を越えてから感じる呪いの力が強まっている。聖女フレイヤの力で中和してはいるが、地面からも、空気からもヒシヒシと嫌な気配が伝わる。

「忌まわしき王はこの先にいる。本当は戦いにも参戦したいところだが……」

「山脈を越えてくれただけで十分だよ。お陰で予定より早くここまで来られた。ノワールがいてくれて助かったよ」

「ふっ、そうか。友の助けになれたなら何よりだ」

「ああ、助かった。俺たちが戦っている間も、しっかり他の人たちを守ってくれ」

ドラゴンテイルが、その前身となった村から今まで平和を保ってきたのは、ノワールの存在が大きかったのだろう。何もしなくとも、強大な力を持つドラゴンが守護していると聞けば、下手《へた》に手を出そうとは思わない。

彼はただそこにいるだけで、あの国を守ってきたんだ。

「ではワシは行く。帰りはここでワシの名を叫ぶが良い。迎えに来る」

「本当か？　ありがとう」

「礼を言うのはワシのほうだ。お前のお陰で、ずっと聞きたかった言葉も聞けた」

ノワールは話しながら思い出を懐かしむように目を伏せる。彼の瞼《まぶた》の裏には、ミスラと過ごした時間が映し出されているに違いない。

「なぁノワール」

「何だ？」

「その、帰りにはさ？　君が知っているミスラのことを教えてくれないか？」

「ワシの知る？」

俺はこくりと頷《うなず》いてから続けて言う。

「うん。俺が知っているのは彼女から見たノワールで、彼女自身だけだ。その彼女が周りにどう見られていたのか、ノワールが彼女をどう見ていたのか。それが知りたいんだ」

「ふっ、そうか。良いだろう、存分に聞かせてやる。その代わりワシにも聞かせろ。あの能天気で底抜けに明るい娘が、どれほどワシに惚《ほ》れていたのかをな」

「ああ、教えるよ。俺が話しても彼女は怒らないだろうから」

彼女はそういう女性だ。当たり前みたいに傍《そば》にいて、キラキラした笑顔で周囲を照らす。太陽みたいに素敵な女性だった。

「ではな……勝てよ、ユース」

「勝つよ、必ず」

そうしてノワールは翼を羽ばたかせて去っていく。星空に溶け込むドラゴンの姿が、山脈の向こう側へと消えていく。アリアたちは豪快に手を振り、俺も彼を見送った。

「さてと……」

そうして改めて、たどり着いた大地に視線を向ける。

「ここが……冥府《めいふ》の入り口」

その光景を見て、グリアナがぼそりと口にした。長い旅路の末、俺たちはようやく終点へとたどり着いたんだ。かの英雄たちが戦った地へ。

ここは真っ暗だ。星の光がよく見えるほどに。木々は一本もなく、草花すら見当たらない。太陽の光が届かないから、大抵の植物が育たない。天候すら変わらず、一年を通して雨が降らないこの地は、生から最も縁遠い場所。

枯れた大地は長い年月をかけて変化し、一切の生命を吸い取ってしまうような黒色へと変色してしまっている。

この地には何も生まれない……故に、冥府の入り口と呼ばれていた。

ざっと周りを見渡し、ティアがぼそりと口にする。

「何もありませんね」

本当に何もない。はるか後ろに大きな山脈が聳《そび》え立《た》っているだけで、前方に広がっているのは黒い荒野だ。数千年以上前、呪いの王が誕生する以前には、この地にも文明があったとされている。しかし英雄たちが生きた時代には、すでにその文明は滅んでいた。

そして呪いの王が誕生し、残されていた文明の跡も綺麗になくなり、ただ広いだけの荒野に成り下がってしまったようだ。

「……こんな場所に呪いの王がいるのか？」

「こんな場所だからこそですよ。グリアナさん」

呪いの王にとって、太陽の光は邪魔でしかない。日の光が当たらない場所だからこそ、負の感情を増幅し蓄えることが出来る。

ここは終わってしまった大地……冥府の入り口と呼ばれているだけあって、現代でも多くの人から恐れられている。つまり、この地は人々の恐怖や不安を集めやすい。

加えて実際に見ても何もない黒い荒野。太陽はないから、常に夜空の下。暗く乾いた大地に立てば、少なからず恐怖を感じる。

その恐怖こそ、呪《のろ》いの王にとっての食事であり、自らを潤す水となる。

「思った以上に呪いの力が濃いな……」

呪いの王に近づいているという証拠なのだろう。しかしここはまだ決戦の地ではない。呪いの王がいるであろう場所までは距離がある。それでも尚《なお》、へその辺りから沸々と負の感情が湧《わ》き上がってくる。恐怖、不安、絶望……今まで抑え込んでいた感情が、徐々に大きくなる。

「急ごう。ここには長くいちゃ駄目だ」

俺は先頭に立って歩き始め、彼女たちもそれに続く。

◇◇◇

この地のさらに西に行くと、巨大な深谷がある。あらゆるものを食らいつくす巨大な顎《あぎと》のように、大地が大きく開いている。

裂けた大地の奥深くは、夜空に輝く星々、月の光すら届くことはないだろう。完全なる闇《やみ》の中に、呪いの王は眠っている。

俺たちは歩き続けた。殺風景で代り映えのしない景色《けしき》の中を、ひたすらに真っすぐ歩いていく。最初は多かった会話も徐々に少なくなってきて、地面を踏む音と呼吸の音だけが聞こえる。嫌に静かな時間が過ぎて行った。

次第に全員が萎縮《いしゅく》し始めた。王の元へと近づいている感覚が、心と身体を震わせる。呪いの王を知らない者でも、ここまで近づけば理解するだろう。

決して近づいてはならない存在が……すぐそこにいるという実感。俺がただの冒険者で、何も知らず近づいてしまったなら、きっとすぐに逃げ出しているに違いない。


時々後ろを振り返り、彼女たちが付いてきているか確認する。三人とも緊張と不安で表情が暗い。グリアナさんも無意識に、腰の剣に手が触れている。

正直に言えば、怖くて逃げ出したって俺は責められない。誰《だれ》でもこの地へ踏み入れば、恐怖と不安で脚が竦《すく》むはずだ。それでもちゃんと付いてきているのは、彼女たちが強く成長した証拠なのだろう。

俺は再び顔を前に向け、歩く速度を速めた。

そして――
「先生」

「ああ、ここがそうだ」

ついにたどり着いた。呪いの王が眠る谷の入り口。乾いた大地が大きく裂けて、下を覗《のぞ》けば真っ暗闇《くらやみ》しか見えない。この土地そのものを冥府の入り口だなんて呼んでいるけど、実際はこの深谷がそうなのだろう。

どこまでも続く暗闇は、俺たちの魂を冥府に引きずり込もうとしているようだ。

いかにも負の感情のたまり場に相応《ふさわ》しいと直感的に思う。グリアナさんが覗き込み、見えない地面にごくりと息をのむ。

「かなりの深さですね。どうやって下まで降りますか？　他に道は？」

「ここを降りるしかありませんね。自然に出来た深谷なので、階段も坂もありませんから」

俺たちはこれから、何も見えない真っ暗な世界に飛び降りなくてはならない。そう思うと、自然に一歩下がってしまう。

恐怖以前にかなりの高さだ。普通に飛び降りれば、生身の人間はひとたまりもないだろう。そこで手を挙げたのはマナだった。

「ボクの魔法で皆を運ぶ」

「そうだな。俺も手伝うよ」

「ううん、ボク一人で平気。お兄さんは魔力温存」

「……ありがとう」

ここはマナの気遣いに甘えることにした。呪いの王との戦いを控えている今、少しでも魔力は温存しておきたい。

谷を安全に降りられるように、マナが魔法を発動しようとした。その時、空間を切り裂くような鋭い音が鳴り響く。無風であるはずの地で、吹き飛ばされるほどの突風が吹く。

「な、何だ⁉」

いきなりの突風に慌て、俺たちは身を屈《かが》めて耐える。

「みんなあれ！　谷から何か――」

ティアが谷の上方へ指をさす。風に飛ばされないように力を入れながら、顔を手で隠し、ティアが指さすほうへ視線を向ける。

「ドラゴン？」

そこにいたのは、腐り果てた屍《しかばね》のドラゴンだった。大きさはノワールと同じか、それ以上の巨体。ドロドロに腐り溶けている皮膚と、朽ちる寸前の翼。瞳《ひとみ》に生気はなく、生き物と言って良いのかも微妙な存在。

「こいつは……」

俺たちは知っている……こいつの名前を。

リンドブルム。呪いの王が生み出した眷属《けんぞく》であり、人々の怨念《おんねん》を寄せ集めて誕生した新たな魔物。ドラゴンの形をしているのは、人々が恐怖を抱く存在だから。ノワールはあくまで例外で、多くの人にとってドラゴンは凶暴な魔物でしかない。出くわせば誰しも恐怖するし、叶《かな》うなら出会いたくない存在。だからこそ、恐怖を集めやすい姿と言える。

その肉体はゾンビのように朽ち果て、翼は腐り羽ばたき続けることもできない。勢いよく飛び上がった屍のドラゴンは、俺たちの前に落ちる。

再び空を飛べない苛立《いらだ》ちを、小さき人間への憎悪に変えている。

「一旦《いったん》下がれ！　こいつは他の魔物とは違うぞ！」

俺の指示で全員が後退し距離をとる。

リンドブルムは魔物の一種だが、呪《のろ》いの王が自らの力で生み出した魔物だ。後から呪いの力を授かった眷属たちとは根本から違う。

肉体は呪いそのもので構築され、触れるもの全《すべ》てを呪い殺す。呪いの王を守護する最後の番人。かつて、英雄たちの前にも立ちはだかった一番の強敵だ。

こいつがすでに復活しているのは誤算だった。ノワールのお陰で想定よりも到着は早かったはずだ。こいつが復活しているということは……。

「呪いの王はすでに、完全復活を遂げているのか？」

あるいは一歩手前まで迫っている。一刻も早く呪いの王の元へ行かなければならない。もしも完全復活してしまえば、王都に広まっていた呪いの進行が加速する。

必死に耐えている姫様の命が消えてしまう。

だが——俺たちの気持ちなんて、リンドブルムにとっては関係のないこと。優しく通してはくれない。

リンドブルムは空気を軋《きし》ませる雄叫《おたけ》びを上げ、そのまま朽ちて外れかけている顎《あご》を豪快に開き、黒いブレスを放つ。無機物すら呪い殺す一撃は、生身で受ければ即死だ。

「みんな俺の後ろに！」

四人が俺の後ろに移動してすぐ、聖女の力を発動させる。

「天の加護よ！　我らを災厄から守りたまえ」

展開された守りの結界でリンドブルムのブレスを退ける。続けて正面に魔法陣を展開し、炎の渦を放ち反撃する。

「ヘルフレア！」

燃え上がった炎の渦に包まれて、リンドブルムが苦痛の悲鳴を上げる。

リンドブルムの弱点は炎と光。アンデッド系の魔物と同じではあるが、生半可な攻撃ではダメージを与えられず、傷を負ってもすぐに再生する。

「再生が速い！」

アリアが気付いたように、リンドブルムの肉体は瞬時に再生した。呪いそのもので構成される肉体は、根源たる負の感情が消えない限り不滅だ。仮に一撃で肉体を消滅させても、呪いの王が存在している限り何度でも復活する。

リンドブルムを倒したいなら、呪いの王を倒すしかない。

一体、どうすればいい——？

英雄たちが戦った時は初めから、呪いの王とリンドブルム、双方を相手どっての戦闘となっていたが、今は状況が違う。

呪いの王こそこの場にいないものの、こいつの攻撃を避《よ》けながら、この谷を降りていかなければならない。果たして、そんなことが可能なのか……？　谷の中ではスペースも限られる。逃げられる場所だって少ない。

迷い焦る俺の耳に、弟子たちの声が響く。

「先生は行って！」

「アリア？」

最初に聞こえたのはアリアの声だった。彼女は俺の前に立ち、リンドブルムに向けて剣を構えている。その隣にはティアとマナもいて。

「師匠！　ここは私たちに任せてください！」

「大丈夫だから。お兄さんは先へ行って」

「お前たち……」

三人が前に立ち、武器を構えて戦う意志を示す。リンドブルムは自分たちにまかせて、呪いの王の元へ急ぐべきだと言ってくれる。

彼女たちの言う通り、俺は呪いの王を倒しに行くべきだ。おそらくそれが最善の選択だと思う。だけど、リンドブルムの恐ろしさを、俺の中にある記憶が教えてくれる。アリアたちの中にも、英雄の記憶がある。

成長しているとはいっても、今の彼女たちでは厳しい相手だ。そんなことは、彼女たちが一番よくわかっているはずだろう。

「私もいます。貴方《あなた》は自分の役目を果たしてください！」

グリアナさんも三人と一緒に前に立ち、腰の剣を抜いて構える。グリアナさんの剣の腕は知っているし、旅の中で彼女もより強くなっている。しかしそれでも尚、リンドブルムの力には及ばないだろう。

甘く見積もって勝率は一割以下といったところか。戦うべきではないと思いながら、これが最善だとも考えている。悩む俺に、アリアが言う。

「先生！　私たちを信じて！」

「アリア……」

その言葉に根拠はない。だけど、彼女の目を見て理解した。やはり彼女たちはわかっている。自分たちの力では、リンドブルムには届かないことを。それでも尚、挑まなくてはならないと。覚悟を決めた力強い目で、俺のことを見つめている。

全ては俺を前に進ませるため。呪いの王を倒せと、弟子たちが俺に訴えかけている。

「――わかった」

仲間たちの覚悟を見せつけられた。ならば俺は、それに応《こた》えるべきだろう。根拠のない信頼だけど、俺は彼女たちの師匠で、大切な仲間だから。

「頼んだぞみんな！」

その言葉を最後に振り返らず、俺は一人で暗闇が支配する深谷へと飛び降りた。

リンドブルムを仲間たちに任せて、俺は暗い谷を『飛翔《ひしょう》』と『月歩』を交えながら落ちていく。下へ近づくにつれて、暗闇《くらやみ》が徐々に濃くなる。この暗闇を表現するなら、黒より黒いという言葉が適切だろう。

何も見えない。肉眼で周囲の状況を把握することは難しい。継承で手に入れた千里眼スキルがなければ、何も見えないまま地面に衝突してしまっただろう。

いや、そうでもなかったらしい。谷底は俺が想像していた暗黒ではなかった。

そこには花が咲いていた。

黒い花がうっすらと鈍い光を放ち、降り立った俺を出迎える。見たことのない花だ。直感的に俺は、その花を踏むことを躊躇《ためら》った。

花畑の先に玉座がある。花に感じた不自然さは、彼を見て吹き飛んだ。

「呪いの……王」

かの王はそこにいた。玉座で目を閉じピクリとも動かない。記憶と目の前の光景が重なる。英雄たちが対峙《たいじ》した男が、俺の目の前で眠っている。

復活は完全ではない？

今なら戦わずして、呪いの王を倒せるかもしれない。そう思った俺は、自らの胸から聖剣を引き抜く。名もなき聖剣を手にした右手に力が入る。

そのまま眠る王へと近づき、聖剣を突き刺そうとした。

が——

「っ⁉」

恐ろしいほどの寒気が全身を襲う。咄嗟《とっさ》に距離をとって、武器を構えて目を凝らす。

「遅かったか」

そうして、呪いの王は瞼《まぶた》を開ける。ゆっくりと、確かに目を見開く。紫色の淀《よど》んだ目で、俺のことを視認する。

「久しいな……いいや、初めましてか？」

その圧倒的なプレッシャーに思わず気圧《けお》されるが、俺は自分を奮い立たせるように、精一杯の軽口を返した。

「ならこっちは、おはようって言えばいいのか？」

◇◇◇

リンドブルムと対峙するアリア、ティア、マナ、グリアナの四人。相手は呪いの王が生み出した怪物。劣勢を強いられる予想はしていたが、想像以上の強さに押されていた。

リンドブルムの黒いブレスを、マナが魔法で防御する。岩の壁と炎の壁、さらに魔力を高圧縮した結界を展開してギリギリ防ぎきる。

「くっ……」

「マナ！」

「まだ……大丈夫」

見るからに消耗しているマナだが、次の攻撃に備えて身構えている。

リンドブルムには絶対に触れてはならない。攻撃はもちろん、その身体《からだ》にも、触れれば呪いの力が流れ込んでくる。

初撃を受けた時、ユーストスが聖女の力を発動させ全員を守った。その際に各個人にも聖女の力を施していて、呪いへの耐性は上がっている。しかし完全な耐性ではないため、リンドブルムが放つ強力な呪いまでは防げない。

マナが複数の魔法結界を展開することで、リンドブルムの攻撃から皆を守っている状態が続いていた。しかしこのままでは削りきられるのは明らかである。

「ボクが魔法で一気に攻撃する。発動までの間は無防備だから」

「私たちでマナを守ろう！」

アリアがマナの前に立つ。その隣にはグリアナが剣を構える。

「私たち二人で前衛。援護は任せて良いですね？」

「もちろんです！　二人が捌《さば》き切れない攻撃は私が射貫《いぬ》きます！」

マナの横でティアが魔法弓を構える。四人の陣形が整った直後に、リンドブルムの身体から無数の触手が出現。四人に襲い掛かる。

「グリアナさん」

「わかっている！」

アリアとグリアナが前進し、迫る触手を剣で薙《な》ぎ払《はら》っていく。アリアは剣を振るいながら、後ろのマナに確認する。

「マナ！　発動までどのくらいかかるの？」

「撃つだけなら一分。強いのなら一分半」

「じゃあ一分半だね！　私たちで何とか防ぐから！」

「わかった」

マナは目を瞑《つぶ》り集中して、魔法発動の準備を開始する。固まっていく魔力に気付いてか、リンドブルムの攻撃はマナへと集中し始める。

「させないよ！」

マナへ迫る無数の触手をアリアが斬り伏せる。攻撃を阻まれた触手は、先にアリアを排除しようと四方から迫る。視覚だけではとらえきれない攻撃を、アリアは素早い動きで回避しながら斬り倒していく。

アリアの剣技は、ユーストスから受け継いだ剣聖の剣技。数多《あまた》の剣士たちの頂点に立つ伝説を体験し、己の剣技へと昇華させた。

それに加え、今のアリアは【流星】と呼ばれた神速の槍《やり》使いクランの記憶も体験している。『伝承』スキルを発現した当初は、一人につき一人分の記憶しか伝えられなかったが、旅を通して成長した今は二人以上も可能となった。ドラゴンテイルでユースの部屋を訪ねた彼女は、ユーストスから彼の記憶も伝承してもらっていたのだ。それによって彼女は、独特な歩法で足にかかる負担を軽減し、『神速』スキルなしで出来る範囲で最速最短の移動を可能とした。

剣聖の剣術と組み合わせれば、彼女の攻撃を躱《かわ》すことは困難である。

彼女の動きにリンドブルムは翻弄《ほんろう》されている。触手を切断されれば、回復させるために呪《のろ》いの力を消費せねばならず、その分一時的に力が弱まる。

ただしそれでも、圧倒的な物量を前に、アリアは劣勢を強いられる。彼女の腕は二本、剣は一本しかない。どれだけ素早く動き反応しようとも限界がある。

捌き切れなかった攻撃が、アリアの背後から迫る。

「っ、反応が――」

「私がいる！　前に集中しなさい！」

アリアに迫る触手を切り裂いたのはグリアナの剣だった。グリアナはアリアへの攻撃を共に捌きながら、マナへ向けられる攻撃も同時に斬っていく。

アリアが身に付けた剣は、剣聖が磨き抜き研ぎ澄ませた攻めの剣。対して騎士であるグリアナの剣は、守りの剣である。

「団長……見ていてください！」

彼女は騎士として、これまでずっと王国を守る役目を果たしてきた。そしてさらに、この旅を通して剣の腕も進化していた。

ユーストスは継承スキルを発動させ、騎士団長アレクセイの経験と力を受け継いでいた。それはグリアナたっての願いで、伝承スキルにより彼女にもその経験は渡されている。

王国最強の騎士と謳《うた》われたアレクセイの剣、それを受け継いだ彼女は彼と同じ……否、彼以上に磨き上げた。

二人の剣技に翻弄されたリンドブルムは、攻撃を次の段階に移す。ドロドロに溶ける全身に無数の目玉を露出させ、そこから高圧縮した呪いを光線のように放つ。

触手と合わさり攻撃の密度が瞬間的に増したことで、アリアとグリアナは回避に専念する。その間にリンドブルムはマナを集中して狙《ねら》う。

触手と呪いの光線が四方から迫り、ティアが魔法弓で触手を撃ち落とすが、光線は捌き切れずに二人に迫る。

「マナ！　ティア！」

アリアの声が響く。直撃したように見えた攻撃は、マナが瞬時に展開した魔法の結界によって防がれていた。無事な二人を見てホッとする一方、ティアがマナに尋ねる。

「大丈夫なの？」

「ギリギリだけど……いける」

マナは現在、リンドブルムを一撃で葬るための大魔法を準備している。発動までに時間がかかるのは、それだけ膨大な魔力が必要になり、それを制御するために集中しなければならないからだ。

そこに加えて彼女は、攻撃を防ぐための魔法結界も発動している。一度に複数の魔法を制御できるのは、魔法使いの中でも一握りの強者《つわもの》だけだ。

以前の彼女であれば、複数の魔法制御はおろか大魔法の発動すら出来なかっただろう。無茶な魔法行使を続けて、それを保っていられるのは、魔力のコントロールが向上している影響だった。

マナはユーストスから、大魔法使いの技術と経験を受け継いでいる。

その経験をより活《い》かすための訓練も、長い旅路の中で続けていた。

彼女はのんびり屋で、興味があること以外はやる気をあまり出さない。しかし興味を持った対象に対しては、他の二人以上に集中して、とことんまでやり抜こうとする。

その姿勢はまるで、幼い大魔法使いを見ているようだと、ユーストスは感じていた。そういう日々の研鑽《けんさん》が、彼女を優れた魔法使いに成長させた。

とはいえ当然、彼女へかかる負担は大きい。大魔法で消費する魔力と、並行して結界を展開し続ける魔力。一気に大量の魔力を消費したことで、彼女の表情からは疲れが見える。

「ありがとうマナ。でも、ここからは私に任せて。あの眼《め》は全部私が撃ち抜くから」

「……わかった」

ティアはマナの前に立ち、魔法弓を自身の身体の三倍以上の大きさまで巨大化させる。そこから連続で矢を放ち、リンドブルムの眼から攻撃が放たれる前に潰《つぶ》していく。

魔法弓は大きくするほどに制御が難しくなり、命中精度が下がるという特性がある。動く的に当てるだけでも難しく、戦闘中に複数の的に狙《ねら》いを定めるのはもっと難しい。加えて目の前の相手は、一つでも撃ち漏らせば致命の一撃を浴びせてくる化け物だ。

想像を絶する緊張の中で、彼女の放つ矢は正確にリンドブルムの攻撃手段を潰していく。

ティアがユーストスから伝承されたのは、【天眼】と呼ばれた弓の名手の技能。かの英雄はいついかなる状況だろうと、脅威となり得る者を貫いてきた。ティアには英雄のような千里眼はない。しかし、攻撃が出てきたポイントを記憶し、死角になっている場所も正確に狙撃している。足りない部分は努力と思考で補い、目で見えない的にすら命中させる。それはとても地味で細かい作業だ。針穴に糸を通し続けるように繊細な作業を、彼女は一切のくるいなくこなしている。

三人が各々にリンドブルムの攻撃をしのぐことで、マナが魔法の準備を遂《つい》に終える。

「出来た！」

「了解！　グリアナさん！」

「ああ、一旦《いったん》下がろう」

前衛の二人は一度に周囲の触手を斬り刻み、マナの手前まで大きく後退する。ティアの魔法弓での援護によって、リンドブルムの眼は全《すべ》て閉じた。数秒の間、触手以外の反撃はない。

「マナ！　やっちゃって！」

「うん」

アリアの声に応えたマナは、溜《た》め込んだ膨大な魔力を解放する。それによってリンドブルムを呑《の》み込むほど巨大な魔法陣が展開された。

魔法陣は二つ。リンドブルムの足元に展開されたのは、フレアサークルの魔法陣。魔法陣内の全てを燃やし尽くす炎の柱を発生させる魔法だ。

もう一つ、リンドブルムの頭上に展開されたのは、ボルテクスエアの魔法陣。吹き荒れる竜巻によって大地をも抉《えぐ》る。

フレアサークルとボルテクスエア。二つの魔法を複合することで生まれる新たな魔法。超高熱の炎が渦を巻き、風と共に舞い上がり鉄をも溶かす。

「――テンペスト」

発動した大魔法によって、リンドブルムの身体は燃え上がる。さらに熱と風によって削られ、みるみる小さくなっていく。炎の竜巻からは逃れることは出来ない。苦しそうな悲鳴を上げながら、リンドブルムの肉体は燃え尽きる。

「……はぁ……やった？」

「うん！　凄《すご》い、凄いよマナ！」

「完全に燃え尽きたみたいね」

「ああ。だが……まだ終わっていない」

そう、グリアナの言う通り、まだ終わってはいない。肉体は燃え尽き、完全に消滅した。普通なら勝利で終わる光景。それでも尚、消えることのない呪いの気配を感じ取る。

魔法によって跡形もなくなったはずの肉体が、何もない所から再生を開始する。空気中にボコボコと腐った肉が集まり、瞬く間に大きくなる。

「もう……再生するんだ」

アリアの声からは疲労が漏れている。他の三人も同様に、今の攻防だけで体力を大幅に消費してしまった。

各々が死力を尽くし、やっとの思いで放った大魔法。だがそれでも倒せないことを、戦っている彼女たちが一番理解していた。

「次が来る！　アリア！　グリアナさん！」

「うん！」

「ああ！」

二人が前に出て、指示を出したティアも魔法弓を構えなおす。

「マナもいける？」

「もちろん」

先ほどの一撃で大量の魔力を消費したマナは、彼女たちの中でも一番疲労が大きい。しかし彼女の魔法がなければ、リンドブルムを無力化できないだろう。マナは魔力が尽きても戦い続けるつもりでいた。

リンドブルムは倒せない。底なしの呪力に、衰えることのない攻撃に、彼女たちは疲弊していく。それをわかった上で、彼女たちは立《た》ち塞《ふさ》がる。

彼女たちの攻撃は無意味ではない。攻撃を与え続ければ、確実にリンドブルムの力は衰えていく。いずれ実感できるくらいまで、削り取ることが出来るかもしれない。

しかしそれでも、リンドブルムを倒すことは叶《かな》わない。リンドブルムを倒すためには、呪いの王を倒さなければならないから。つまり彼女たちの勝利条件は、ユーストスが呪いの王を倒すまで耐え抜くこと。リンドブルムが彼の邪魔をしないように、ここで釘付《くぎづ》けにすること。

それまで彼女たちの体力が続くのかどうか。本当の勝負は、自分自身の限界を超えられるかにかかっている。

「っ……」

「アリア！」

「大丈夫です！」

アリアは大丈夫だと自分に言い聞かせる。恐怖を感じないわけではない。攻撃を受ける度、眼前に奴《やつ》が迫る度に恐怖はやってくる。

「うっ」

「マナ！」

「……平気」

捌《さば》き切れない攻撃は、マナが魔法で防いでいる。すでに限界が近い彼女は、鼻血を流しながら魔力を振り絞る。

彼女以外の三人もギリギリだ。常に細心の注意を払いながら、少しでもリンドブルムの呪力を削る。おそろしく大変な作業。そう考えてしまうと、彼女たちの身体《からだ》は重くなる。

だから、彼女たちは考えない。もしも失敗したら、間に合わなかったらなんて思わない。彼女たちが思っていることは一つ。

信じる！

ユーストスを信じる。必ず呪《のろ》いの王を倒し、この戦いを終わらせてくれると。彼が王を倒せば、眷属《けんぞく》であるリンドブルムも消える。防御に徹するという作戦もあった。しかし、僅《わず》かでも手を緩めれば、一瞬で滅ぼされてしまう。故に彼女たちは、攻撃の姿勢を崩さない。

ユーストスが彼女たちを信じたように、彼女たちも彼を信じて戦う。

「先生」

「師匠」

「お兄さん」

「ユーストス殿——」

呪いの王を倒して！

◇◇◇

呪いの王。その見た目は、人間の青年と同じだ。

黒い髪に紫色の瞳《ひとみ》、肌の色は日に焼けたことのないような白で、傷一つ付いていない。身長も俺と変わらないくらいだろう。一目見ただけでは、恐ろしい存在だとは思えない——

なんてことはありえない。

一目見れば誰《だれ》でもわかる。憎悪、恐怖、悲しみといった負の感情が自分の内でざわつき出す。普通の人間と変わらない見た目をしながら、明らかに異質な存在感。全身の細胞が、産毛の一本に至るまで騒ぐ。この男を――倒せと。

俺は聖剣を握る手に力を込め、呪いの王に向けて一歩を踏み出そうとする。

「まぁ待て」

俺に対して呪いの王が手をあげてそう言った。一歩踏み出していた俺の身体は、ピタリと動きを止める。自分の意志で止めたわけではない。引き留められ、動けなくされた。

「っ、呪言か」

言葉に呪力を込め、相手の行動を支配する。俺の脳に直接語り掛けて、身体の制御を奪ってしまう。対処法は魔力と聖女の力で脳を保護することだ。

宿敵を目の前にして気がはやり、脳を防御するのを怠っていた。聖女の力で無理やり振り払い、改めて脳を保護する。

「もう対策したか。さすがに早いな」

呪いの王の声は頭ではなく胸の奥に突き刺さるような冷たさがある。聞いているだけで気分が悪くなるような……でもなぜか引き寄せられる。聞き入ってしまうとも言える。

俺は聖剣を構えて呪いの王を睨《にら》む。対する王は、呆《あき》れたようにため息をつく。

「待てと言っただろう？　少し話をしようではないか」

「話？　そんなことをしている暇はないんだ」

谷の上では彼女たちが戦っている。相手はリンドブルム……間違いなく劣勢だろう。それでも戦い続けているに違いない。俺の勝利を信じて、いつか来る終わりを待っている。

「俺はお前を倒すために来たんだ。話し合いに来たわけじゃない」

「そうか？　ならば――」

突如、呪いの王が眼前から消える。注意は怠っていなかったし、集中も途切れていない。しかし見失った次の瞬間、彼の顔が目の前に現れる。

「戦いながら語り合うとしよう」

「ぐっ……」

反応が遅れてしまった。ギリギリで手刀を回避し、一旦距離をとる。ここで彼の腕が剣のように変化していることに気付く。

「よく躱《かわ》した。さすがは意地汚い人間どもの代表」

「……お前に言われたくないな」

「そうでもない。我以外にこれを言う資格はないのだから」

呪いの王は余裕の表情で語る。俺は構わず聖剣を振るい、呪いの王に斬りかかる。呪いの刃《やいば》と聖なる刃。二つの力がぶつかり合い、地に咲いた花が舞う。

「愚かな継承者よ。我がどうやって生まれたのか、お前は知っているのか？」

「ああ、知っているさ」

呪いの王を形作っているのは、人間から漏れ出た負の感情。怒り、悲しみ、恨み、妬《ねた》み……人が内に秘める良くないものに力が宿り、かの王を誕生させた。

「そう、我を生んだのは紛れもない貴様ら人間だ。そうだというのに、なぜ貴様は我と戦っている？」

「そんなの決まってる！　お前のばら撒《ま》く呪いで、多くの人が苦しんでいるからだ」

「それは自業自得というものだろう？　我を形作る悪感情……その矛先が、人間どもに向かうのは当然のことではないか」

呪いの王の言葉には呪力が籠《こも》っている。脳を保護しても、その力が完全に打ち消せるわけではない。次々に浴びせられる彼の言葉に、俺の心は動揺する。その動揺を振り払うように聖剣を握り、強く言い返す。

「だから目を瞑《つぶ》れと？　それで大切な人たちが、死んでいくのを受け入れろとでも？」

俺たちは刃をぶつけ合いながら、同時に言葉もぶつけ合う。互いの主張が繋《つな》がることはない。ここにたどり着き、戦いが始まった時点で、わかり合う道などありはしないのだから。

「ふっ、ならば貴様は知っているか？　人間どもの悪感情の味を……腐った雑巾《ぞうきん》を丸のみしているようなものだぞ。我の中に日々それが流れ込んでくる。仮にお前が我だったとして、果たして耐えられるか？」

呪いの王も攻撃の手を緩めない。刃の形に変形した両手で、俺の喉元《のどもと》を切り裂こうとする。俺は聖剣を右手に、左手に剣の加護で生成した剣を握り、彼の攻撃に対抗する。

悪感情の味……呪いの源。それを最初に知ったのは、紛れもなく呪いの王だ。彼を生み出し、生き長らえさせているのは、この世界に生きる人々に他ならない。

「それに感じているのだろう？　我の力が、数千年前より増していることを」

「っ……」

彼の言っていることは事実だった。英雄たちが戦ったかつての王と、目の前にいる現代の王は似て非なる存在だ。呪いの質、量、どす黒さが増している。英雄たちが生きた時代より現代は平和で、だからこそ生命も増え続けている。

かつてほどの争いは起こらなくても、今も世界のどこかではいがみ合い、小さな争いは起こっているだろう。人々から発せられる悪感情の総量が……今の呪いの王の強さを作っている。

「度し難いものだ。平和を手に入れて尚、人間どもは争いを止《や》めない。他人を尊ぶよりも、心の内で蔑《さげす》み、恨む思いのほうが強いとは」

「そんなこと！」

「ないと言えるのか？　我と対峙《たいじ》しているお前が、それを否定できるのか？」

「くっ……」

違うとハッキリ言いたい……だけど出来ない。彼の力が増していくのを感じる。今こうしている間にも、世界中で悪感情は生まれている。

人と人が関わり合えば、どうしたって発生する。善良な人々でも、心の奥底に一つや二つは必ず持っているのだから。

地に咲いた花はただの花ではなく呪力が込められていた。花からツタが伸びて俺の身体に絡みつく。

「っ、邪魔だ！」

身体に絡みつくツタを、風を纏《まと》う魔法を発動することで切り裂く。それでも地に咲いた花から伸びるツタは増え続け、呪いの王の攻撃に集中できない。

「仕方ないな」

俺はラザエルから継承した『天地変動』スキルを発動する。魔力を消費し、自身を中心とした一定領域内の生物以外を自在に操る。

スキルの効果で足元の地面を操り、ツタを花ごと散らしていく。本当なら周囲の地形全《すべ》てを操り、呪いの王の動きを止めたいところだが、ここは呪いの王のテリトリーだ。スキルの効果範囲も、俺の足元までに限定されている。

「酷《ひど》いことをするな。花も尊い命だぞ？　いや、それでこそ人間らしいか」

「お前が……命を語るな」

「事実に耳が痛いか？」

互いに一歩も引かない攻防が続く。鍔迫《つばぜ》り合《あ》いの中、俺は呪いの王に言う。

「人間の愚かさくらい……俺だって知っているさ」

何せ実体験がある。俺だって今まで、嫌な経験もたくさんしてきた。加えて英雄たちの記憶も体験している。俺は普通よりも、人間の嫌な部分をたくさん見せられている。でも、それだけじゃない。

「それを知った上で、俺はここに来たんだよ」

「ほう。救う価値があると？」

「あるさ！　俺が見てきたのは、愚かさだけじゃないからな！」

人間が持つ可能性。善性、他人を思いやり、いつくしむ心。どれだけ荒《すさ》んだ感情を持っていても、失われなかった優しい思い。俺の周りには……それが溢《あふ》れている。

「教えてもらったからな。彼女たちに」

パーティーを追い出されて悲しみに暮れていた時、俺は英雄たちの存在を知った。力を受け継いで、素直な弟子たちとも巡り合えた。道を違《たが》えた人もいたけど、わかり合えた人もいた。それらは全て、俺の中に残っている。

互いに距離をとり、俺は切っ先を向け改めて宣言する。

「俺は人間の可能性を信じてる。だから……呪《のろ》いの王よ、貴方を倒そう」

「ふっ……やはり人間は愚かだな」

譲れない思いがある。受け継いだ者としての使命もある。守りたい人たちもいて、それらすべてが俺を突《つ》き動かす。

「行くぞ」

俺はスキル『神速』を発動。最速の槍兵《そうへい》クランの速さには、この世の誰《だれ》も追いつけない。呪いの王であっても、速度で張り合うことは不可能だ。

「速さで翻弄《ほんろう》するつもりか？」

縦横無尽に駆け回る。構造が人間と同じなら、背後は死角のはずだ。俺は呪いの王の後ろをとり、剣を構える。

「――が、残念ながら足りぬぞ」

背後に回り聖剣を振り下ろそうとした俺に、無数の棘《とげ》が襲い掛かる。彼は振り向いていない。攻撃してきたのは、彼の背中だ。背中の形状が変化し、ハリネズミのように棘を纏っている。

「我の身体《からだ》は呪《のろ》いそのもの。人型を保ってはいるが、形状は自由に変化させられる」

「っ……」

ギリギリのところで球状の結界を発動させ棘は防御した。俺は『月歩』スキルで空を蹴《け》り、彼の前へ降り立つ。

「ここは我の領域だ。どこへどう移動しようと、手のひらの上では丸見えだぞ?」

「それはどうかな?」

一連の攻防の中で、次の攻撃への準備は済ませてある。俺は心の中で叫ぶ。

今だ――放て!

その直後、無数の矢が王の頭上へ降り注ぐ。確実に不意をついた攻撃だ。しかし、これにも動じることなく対応する。

「魔法弓の遠隔射撃か。我の知る弓兵にはなかった芸当だ」

そう言って、王は髪を鋭い鞭《むち》に変化させ降り注ぐ矢の雨を振り払う。驚いたような口ぶりだが対応は正確で表情も変わらない。

俺が使ったのは、天眼が至ったであろう可能性の一端。彼女がいずれ到達したであろう魔法弓の使い方。あらかじめ魔法弓を空中に展開させ、任意のタイミングで射撃させる。

「なるほど。不意打ちは通じないってことか」

ならば――

俺は自身の背後に無数の魔法陣を展開させる。

「速度が通じぬなら数でくるか。良い、火力勝負といこう」

呪いの王も背後に黒い球体を展開させる。球体は漆黒の炎を纏い数をさらに増していく。それは呪力を帯びた火球、人間だけを燃やし尽くす呪いの炎だ。

対する俺の魔法陣は、魔力エネルギーを高濃度に圧縮して放つ。単純な魔法だが、威力は魔力量に大きく依存するため、魔力量が多いほど強くなる。

お互いに撃ち放つ準備が整った。

「マナバレット」

「黒炎球」

マナバレットは七色の光を光弾のように放つ。呪いの王が放った黒き炎と七色の光、二つがぶつかり合い激しく火花を散らす。威力は互角。互いに攻撃を相殺し合っている。

俺の魔法には聖女の力も上乗せしてある。呪いの力には、聖女の力が最も効果がある。それでようやく互角の撃ち合いだ。

「中々やる。が、これでも不足だぞ？」

呪いの王は余裕そうにニヤつく。火力勝負でも削りきれず、本体にダメージを与えられない。続けて俺は、マナバレットを維持したまま近接戦闘を仕掛ける。

「また剣で来るか？」

「さっきと同じじゃないぞ」

俺は右手に聖剣を、左手に剣の加護で生成した剣を握り、呪いの王に斬りかかる。連続で攻撃を続け、飛び跳ね宙を舞いながら脚も使う。表現するなら自由奔放、剣聖から受け継いだ剣士の戦い方とは異なる動きに、呪いの王は翻弄される。

「確かに違う。まるで獣のような動きだな」

呪いの王の比喩《ひゆ》は的を射ている。俺が発動しているのは『獣戦躍動』というスキル。クランから継承したスキルの一つで、発動中は獣のごとき反射速度と俊敏性を得られる。ただし同時に理性が薄れ、思考も獣に近づいてしまう。制御が難しいスキルだが、出し惜しみはしていられない。このスキルで翻弄し、呪いの王との距離を詰める。

そして一瞬、全ての感覚を剣に集中させる。かつて剣聖が至れなかった極地。呪いの力を得たアレクセイを切り裂いた究極の一振り。これならば、呪いの王にも届くはずだ。

渾身《こんしん》の力を込めて振り抜く。俺の一撃は、呪いの王を肩から胴にかけて両断した。

「ふっ、この程度か」

しかしその一撃でも、呪いの王を倒すには至らなかった。彼の身体には届いているし、ちゃんと斬れてもいる。地を裂くほどの一撃だったが――

それでも彼の命には届いていない。斬られた部分は瞬時に再生して、何事もなかったかのように呪いの王は笑みを浮かべる。

「くそっ……」

剣士がたどり着く頂ですら、かの王には傷一つ付けられなかった。

「どうした？　もう終わりか？」

呪いの王は大きく腕を振るい、風圧で俺を吹き飛ばす。俺は空中で体勢を整えて着地し呪いの王を睨《にら》む。

「よい表情だな。ようやく理解したか？」

「……」

呪いの王は強くなっている。英雄たちが倒した時より、何倍も力が増している。対峙した時点で気付いていた。それでも、何とかなると思っていた。かつて世界を救った人たちの力を合わせれば、現代の王にも対抗できると。

だが、それだけじゃ足りなかった。英雄たちの到達点、その一歩先を体現しても足りない。

「ふぅ……」

「何だ？　もう諦《あきら》めたのか？　思った以上に早かったな」

「……ああ、諦めたよ」

このままじゃ駄目だ。彼らの力を全《すべ》て発揮しても、強くなった呪いの王には勝てない。

「本当は……こんなものに頼りたくなかったんだけどな」

「――？　どういうことだ？」

諦めたと言っても、戦いを放棄したわけじゃない。俺の中にある力の一つに、呪いの王に対抗できる力がある。でもそれは、本当なら使いたくはなかった。なぜならこの力を使うことは、呪《のろ》いの王の強さを認めることだから。

「――？　どういうことだ？」

俺から発せられる力を、呪いの王が感じ取った。彼の表情は驚きと疑いが混ざり合っている。それもそのはずだろう。なぜなら……。

「なぜだ？　なぜお前が……呪いの力を持っている？」

身体からあふれ出る黒いオーラ。俺が行使しているのは、紛れもなく呪いの力だった。故に彼は疑問を口にした。

「俺だって使いたくはなかったさ。でも勝つためには、こうするしかない」

かつて俺は、この力を間違いだと言った。それを自ら使おうとするなんて、恥ずかしいことこの上ない。諦めるというのは、そういう意味だ。

「問いの答えになっていないぞ。なぜと聞いている」

「ああ、何だ？　俺のスキルを知っているわけじゃないんだな」

「スキルだと？」

明らかな動揺を見せる呪いの王に、俺は自分の胸に手を当てて答える。

「俺のスキルは継承だ。武器や道具を介して、所有者の経験やスキルを手に入れることが出来る」

「所有者……そうか。あの騎士の剣」

騎士団長アレクセイ、俺は彼の剣から記憶と力を継承していた。彼の中にある技術と経験、そして――与えられた呪いの力。その使い方を知った。

呪力は本来、この世界に生きるものであれば誰しも持っている。持っているが、弱々しくて感じとれないいだけだ。呪力は負の感情によって増幅し、身体の奥底で蓄積される。

俺の中にも呪力はあった。それをこの場所に至るまで、蓄え続けてきたんだ。王にも悟られないように、幾重にも魔力の障壁を形成して。

「呪力の源は負の感情……思いの力だと言ったな？　俺にもあるぞ。お前に対する怒りが――お前を殺したいという純粋な殺意が」

殺意が呪力を増幅させる。黒いオーラが全身を覆い、肉体が強化される。それを見て、呪いの王が口を開く。

「理解しているのか？　人間が呪いの力を行使すればどうなるか。お前はその目で見ているはずだ」

アレクセイの最期が脳裏に浮かぶ。

「それを知って尚、我が力に手を出すとは……愚かにも程がある」

「あまり侮らないほうが良い」

「侮ってなどいない。呆《あき》れているだけだ」

「いいや、お前は理解していない。俺のことじゃなく、俺の中にいる彼女の力を」

聖女の力を聖剣に流し込む。そこへ加える呪力。聖女の力は唯一、呪いの力と直接対抗できる力だ。聖女の祈りの力、その根本が思いであるように……呪いも同じ。似て非なる力、相反する二つが混ざり合い、反発し合い、新たなエネルギーを生み出す。

白い稲妻と化したエネルギーは、呪いすら貫く。

「――白雷《びゃくらい》」

聖剣から放たれた純白の雷が、呪いの王の右腕を吹き飛ばした。

黒い炎で防御して、右腕以外は無事で済んでいるようだ。

「くっ、我が炎と張り合うか！」

呪いの王は怒りの表情を露《あらわ》にして、右腕を再生させ全身に黒き炎を纏《まと》う。

「今度こそ貫いてみせる！」

「そんなもので我を殺せると思うな！」

雷と炎がぶつかり合う。これが今の俺に出せる力の全てだ。だから貫いてくれ。

足りなければもっと怒りを……奴《やつ》への殺意を込めろ。もっと祈りを……世界への慈愛を込めろ。

俺の中のもの全てを、今この瞬間に使い切っても構わない。

「うおおおおおおおおおああああぁぁぁぁぁぁぁぁぁぁぁ」

叫び、振り絞り、一滴まで注ぎ込む。しかしそれでも……。

「はぁ……はぁ……くそっ」

「やってくれたな、腐った人間風情が」

呪いの王は立っていた。白い雷を受けて半身を消し飛ばされながら、未《いま》だに消えることのない憎悪を瞳《ひとみ》に宿して。

これでも……足りないのか？

——いいや、十分だよ。

その時、頭の中に優しい声が響く。蝶《ちょう》がヒラヒラと舞うように、言葉が通り過ぎていく。


君のお陰だ。

どうか私に任せてほしい。


聞こえる声に耳を傾ける。全身の力が抜け、委ねるように意識が遠のく。知っているのは、彼が英雄の一人であるということ。俺の意識の奥深くで、彼らの力と一緒に見守っていてくれた。そんな彼が、任せろと言っている。

ならば、託してみよう。

「任せたぞ——ローウェン」

倒れ込む俺の身体《からだ》を、美しい蝶が包み込む。

「ああ、任せておくれ」

蝶が散っていく。そうして姿を現したのは、俺ではない。

数千年前、呪いの王を討伐した六人の英雄。その一人にして、【幻魔】と呼ばれた男だった。

This adventurer is the strongest in the human history

【幻魔】

ローウェン

継承遺物 Relics

・???・

人物像 Profile

――私が何者であるかに意味はない。

あれは君が選んだもので、私が導いたわけではないからね。

ただ今だけは――任せておくれ。

主要能力 Main Skill

・『スキル進化』・
枝分かれした運命の過去・未来、あらゆる可能性を対象に見せることを発動条件とし、対象のスキルを全ての可能性の中で最も優れた力へと進化させる。

CHARACTER

幕間 【幻魔】ローウェン

彼は自分の生まれを知らない。知っているのは、片親が人間ではなく悪魔だということ。比喩ではなく、彼の父親は悪魔だった。人間の母親と悪魔の父親の間に生まれた子供、それがローウェンという英雄である。

彼の精神は人間であり、悪魔でもあった。人間らしさを持ちながら、悪魔らしい支配欲も持っていた。しかしそのどちらも中途半端だった。彼にはやり遂げたいことも、生きるための目的もなく、周囲に対する関心もなかった。

ただ生きている……生き続けているだけの人生。だから彼は、興味をそそる対象を探して世界中を放浪するようになった。

旅の道中、とある国で知恵を貸したことがきっかけとなり、宮廷付きとして働くことになった。彼の知恵は王国の民を救い、繁栄をもたらした。誰《だれ》もが彼の力を求め、求められればどんなことでも応《こた》えた。

しかし、彼は人間ではない。悪魔の血を引く彼は、人間とは流れる時間が異なる。十年、二十年経《た》っても変わらぬ容姿に周囲が気付き、怯《おび》え始めた。彼は誰なのか、何者なのかと今更な疑問を感じ始めたのだ。

そしてある日を境に、ローウェンは忽然《こつぜん》と姿を消した。そこにいた形跡の一切を抹消し、煙のように消えてしまった。人々は彼の存在が自分たちの夢だったのではないかと思った。

その頃《ころ》から……ローウェンは【幻魔】と呼ばれるようになった。

◇◇◇

私にとって旅は、生きがいでもなければ使命でもない。ただの暇つぶし、他にやることがなかったから、何となく適当に世界を回っているだけだ。

「居心地《いごこち》は悪くなかったけどな……」

久しぶりに長く一か所に留《とど》まったが、そこともさっきお別れをしてきた。常に頼りにされて、敬われる感じは嫌いじゃなかったけど、さすがに何十年もいれば気付かれる。私がただの人間ではないということに。

私を生んだ母親は、人間だからもう生きてはいないだろう。父親のほうはどうだろうか。悪魔だし、今もどこかで生きているかもしれない。旅を続けていれば、バッタリ出会うことがあるのかもしれない。

「って、どっちでも良いことだけど」

母親にも、父親にもあまり興味はなかった。一人が寂しいと感じたのは、一体いつが最後だっただろうか。喜びも、悲しみも、感じた回数を数えたければ両手の指で足りる。

私は一体、何のために生まれてきたのだろう。そんなことを考えながら、一年後も二年後も旅を続けていた。世界各地で争いが起こり、慌ただしくなろうとも関係なく。そんな私が、天に選ばれることになろうとは意外だった。

世界を脅かす存在と、それを止めるために選ばれた者たち。世界の命運をかけた戦いだ。この世界に生きる者として、協力しないわけにはいかない。とか、そんな正義感を働かせたわけでは全くなくて、いつも通りただ何となく参加することにした。

もしかしたら、一人旅よりも暇つぶしになるかもしれない。そのくらいの期待はしていた。天もどうして、こんな中途半端な私を選んだのだろう。

私の他に五人、天に選ばれた者たちが最後の王国に集結した。さすが天が選んだだけあって、一癖も二癖もある兵ばかり。古今東西の剣技を制覇した剣士、速さを求め続けた槍兵《そうへい》、慈愛の心で奇跡を起こす聖女、常識はずれの大魔法使い、万里を見渡す目を持つ弓兵。

「お初にお目にかかる。私はローウェンという、ただの旅人だよ」

私がこの場にいることが、少しおこがましく思える。こうして私は彼らと出会い、世界を救うための旅路が始まった。

彼らとの旅は、予想以上に刺激的なものだった。強敵との戦いはもちろん、日々の生活も常人とは違う。お互いに考え方、性格もバラバラだから、反発し合うことも多かった。その度に私が仲裁をさせられて、本当に大変だったよ。

だけどいつの間にか、お互いに信頼できる仲間になっていって、掛け替えのない存在へと変わっていった。私は旅の中で、彼らの内に秘める思いや夢を知った。

ユリアスは自分の剣にまだ満足していないらしい。この旅を通してさらに磨き上げて、後世に並ぶ者がない剣士になりたいそうだ。

クランは想《おも》い人をなくしてからずっと後悔していた。二度と大切なものを失わないために研鑽《けんさん》を積んだ。そして今、彼は守りたい人を見つけられたそうだ。誰なのかは何となくわかるけど。二人は良い雰囲気だし、上手《うま》く行ってほしいと思う。

フレイヤは旅を始めた時から変わらない。困っている人を助けたい、自分に与えられた力はそのためにあるのだと言う。彼女は助けられなかった人のことをいつまでも悔いている。その優しさは彼女の武器だけど、脆《もろ》さにも繋《つな》がっている気がする。

ソロモンは旅を通して少しずつ変わっている。最初は私と似て周囲に無関心だったけど、次第に子供らしい表情を見せるようになった。規格外で賢い魔法使いでも、まだ小さな子供なんだ。彼はもっと我儘《わがまま》になって良いと思う。

アルテミシアほどの愛国者を見たことがない。王女であることを抜きにしても、王国を守りたいという思いは誰より強いだろう。王国の民が笑って暮らせる未来のために、彼女は戦いに参加する道を選んだんだ。

彼らと旅をして、私は初めて旅が楽しいと感じられた。彼らの思いを知って、彼らの行く末をこの目で見たいと思った。彼らのお陰で、私は生まれて初めて生きる目的を得られた。
そして——

◇◇◇

私たちは最果ての地、太陽が届かない場所へとたどり着いた。日の光が届かないほど深い谷の奥、ようやく私たちは全《すべ》ての元凶、呪いの王と相対した。

「っ、大丈夫かい？　クラン」

「オレより自分の心配をしたらどうだ！　剣速が落ちているぞ！」

「まだまだここからだ！」

前衛はユリアスとクラン。ユリアスは剣を振るい、クランは槍を振り回す。対する呪いの王は全身から呪いの力を放出し、刃《やいば》の形へと変化させ、迫る二人を攻撃する。

二人は無数の刃を躱《かわ》し、受けながら前進するが、呪いの力は凄《すさ》まじく上手《うま》く前へ進めない。そんな二人を、後衛のアルテミシアとソロモンが援護する。

「リンドブルムと呪いの刃はボクたちが受け持つ！　だから——」

「二人は前だけを見ていてください！」

ソロモンは光弾を発射する魔法陣を複数展開。朽ちたドラゴンの動きを封じながら呪いの王の猛撃と真っ向から撃ち合い、前衛二人の負担を減らす。アルテミシアはずば抜けた弓術で死角からの攻撃を的確に撃ち落とし、二人を守る。

しかし、それでも呪いの王の猛撃は止まらない。前衛の二人だけでなく、後衛のソロモンとアルテミシアも傷を負う。強力な呪いが籠《こも》った傷は、ただのひとつでも致命傷となり一瞬にして呪いの力に冒されるだろう。そうなっていないのは全て——

「わが光を纏いし者に、癒《いや》しと守護の力を」

聖女であるフレイヤの祈り、その力は呪いの力を相殺することが出来る。負った傷は瞬時に回復し、致命傷でなければ死にはしない。彼女の優しい祈りがあるからこそ、私たちは呪いを前にしても臆《おく》することなく戦える。

「あと少しだぞクラン！」

「おう！」

ユリアスとクラン、二人の戦士は味方の援護を受けて着実に前進していた。言葉にした通り、あと少し、もう数歩進めば刃は届く。

そうしてついに、二人の間合いに呪いの王が入った。

「これで！」

終わりだと、ユリアスが言おうとした瞬間、斬りかかった彼女の身体に風穴が空く。同時に槍で貫こうとしたクランも、両腕が斬り落とされてしまった。

「ぐっ」

「くっそ……」

「くくく、ふははははははははは！　愚かしいな人間！　その程度の力で我に勝てるとでも思ったのか？　そんな未来などありはしない！　所詮《しょせん》は夢の中の幻想にすぎん！」

高笑いする呪いの王。しかし彼は気付いていない。だから私は優しく微笑《ほほえ》んで彼に教える。

「夢を見ているのは、私たちではないよ？」

「何を言っ――て？」

呪いの王は驚愕《きょうがく》した表情で視線を下げる。そこには、呪いの王の懐を剣で切り裂く剣士と、心臓を槍で突き刺した槍兵の姿があった。

「なぜ……生きて……」

「だから言っただろう？　夢を見ているのは私たちじゃない。君のほうだよ」

途中から、私の幻術によって生み出された虚像と戦っていたことに、呪いの王もようやく気付いたらしい。倒したと思ったのはまやかしで、現実には二人の刃が届いていた。

聖剣と魔槍にはフレイヤの祈りの力が込められている。祈りの力が籠った刃で斬り裂き、突き穿《うが》ったことで、呪いの王は悲鳴を上げる。

「ぐ、ぐおおおおおおおおおおおおおおおおおお」

苦しみながら叫ぶ声が周囲に響く。呪いの力が弱まり、四方へ散っていくのを感じ取り、私たちは戦いが終わったことを実感した。

それは油断……いや、限界だったのだろう。

「まだだ……お前たちだけは許さん！　許さんぞおおおおおおおおおおおおお」

「なっ、これは」

最初に気付いたのはユリアスだった。呪《のろ》いの王の力が急激に膨れ上がり、爆発的に周囲へ拡散された。すでに肉体の限界を迎えていた私たちは、咄嗟《とっさ》に身を守ることすら出来なかった。

「お前たちは死ぬ！　何も残せず、何もわからぬまま、この世界から忘れ去られて死んでいくのだ！　後悔しろ！　絶望しろ！」

呪いの言葉を吐き捨てて、最後の力で私たちを呪い、かの王は消滅した。

◇◇◇

戦いは終結し、世界には平和が訪れた。呪いの王が消滅したことで、世界中に広がっていた呪いの力も弱まり、弱っていた人たちも回復しただろう。

しかし、私たちが受けた呪いだけは、呪いの王が消滅してもなお、強力な力となって残り続けた。

私は半分が悪魔の肉体だったから、多少なり呪いに適応することは出来たが、純粋な人間では到底耐えられない。

私たちは王国に帰還するために歩いたが、疲れと呪いの影響で、道中に次々と倒れていく。最初に倒れてしまったのは、最も幼いソロモンだった。

「ああ……残念だ。せっかく……魔法以外に楽しいことが……見つかったのに」

魔法以外に興味を示さなかったソロモンが、最期に口にした言葉は魔法ではなく、私たちとの旅の思い出だった。

続けてアルテミシアとクランが倒れてしまった。

「お守り出来ず……申し訳ありません」

「謝らないでクラン。貴方《あなた》のお陰で……救われた人たちはたくさんいる。わたしの国も……わたしも」

旅路の中で、二人の思いは通じ合っていた。クランは最後まで、最愛の人を守りたいという強い思いで戦い、アルテミシアもまた、祖国を思う気持ちと同じくらい、誇り高き騎士を思っていた。それでも最後まで、互いに思いを伝えることはなかった。

王国まで残り半分というところで、今度はフレイヤが倒れた。彼女は帰路の道中も、聖女として困っている人を助けようと必死だった。おそらく彼女が一番、最期の瞬間を後悔していただろう。

「私はまた……守れませんでした」

彼女の祈りは多くの人たちを救った。それでも彼女は最期の一瞬まで、救えなかった人々を思い続けていた。そして……。

「ああ……ローウェン。そんな顔は君らしくないな」

「……ユリアス」

ユリアスまでも、王国にたどり着く前に倒れてしまった。彼女は最期の瞬間まで笑っていた。剣技を極められなかったことを悔いながらも、私たちとの旅は楽しかったと満足げに語って。

「……ああ、でも……そうだな。もし許されるなら……いつか、普通に生きて……普通の最期を

「……迎えてみたかったなぁ」

剣の道に生き、剣技を極めることに捧《ささ》げた彼女の人生。その先に夢見たのは、なんてことのない普通の日常だった。

叶《かな》うはずだったんだ。彼女なら、あと少しあれば剣士としての極致へと至れただろう。そしてその先で、穏やかな日々だって送れたに違いない。

その全ては呪いによって阻まれ、思いは実ることなく潰《つい》えてしまった。


一人になった私は、彼らとの旅の記憶を何度も思い返していた。彼らには夢があって、やりたいこともやり残したことも多い。その夢を阻まれ、どれほど無念だっただろうか。

「……終わらせてはいけない。彼らの思いは……私が繋ぐ」

彼らの思いを、意志を繋ぐことこそ、最後まで生き残った私の役目。抗《あらが》っているとはいえ、いずれこの肉体も滅ぶだろう。その前に彼らが生きた証《あかし》を残して、後の世の人々に伝えたい。それに嫌な確信もあった。

呪いの王……あれはいずれ、復活する。

私は彼らの遺品を拾い集め、一人で最後の旅に出た。彼らとの旅路に比べたらつまらない一人旅だが、私には目的があった。成し遂げたい使命があった。

「ここだ、この遺跡を借りよう」

私は以前の一人旅で見つけた遺跡に足を運んだ。盗賊に荒らされて中身は空っぽで何もない遺跡だ。そこに手を加えて、大規模なダンジョンへと造り変えた。ダンジョンの最深部には、私の力を込めた魔道具と一緒に、彼らの遺品を隠した。

アルディア王国に遺品を預けようかとも思ったが、どんな国にも等しく終わりは来る。その中で戦火に喪《うしな》われてしまうかもしれない。盗人《ぬすっと》によってバラバラにされてしまうかもしれない。

だが、宝物が眠る難攻不落のダンジョンに隠しておけば――？

人の探求心に終わりはない。

いつか、このダンジョンへ訪れた誰かが、彼らの遺品を見つけてくれるはずだ。

もしかすると、一緒に隠された金銀財宝にしか興味を示さないかもしれない。しかし、そういう人間を私は求めていない。私が求めているのは、彼らの夢と意志を受け継いでくれる誰かだ。その誰かと共に、今度こそ呪《のろ》いの王を滅ぼさねばならない。

彼らは偉大な英雄だ。彼らを超えるほどの英雄は、二度と生まれないと思えるほどの存在だ。そんな彼らの夢を引き継ぎ、同じ意志を持つ存在なんて、現れないかもしれない。それでも私は待ち続ける。

肉体が消滅し、魂だけの存在になろうともこの地で待ち続ける。何十年、何百年……何千年先になろうともいつか誰かが見つけて、手に取ってくれる。

そう信じて、待ち続けている。

第九章　呪いの王

半身を吹き飛ばされた呪いの王の眼前に立っているのは俺ではなく、かつて世界を救った英雄の一人だった。彼は生前の姿のまま、現代の大地に立っている。

俺はそれを少し離れた上空から見ていた。俺に実体はなく、あるのは意識だけだ。今は俺の身体《からだ》をローウェンが使っている。もしかしたらローウェンは、今までこういう視点から俺を見守ってくれていたのかもしれない。

「感謝するよ――ユーストス。お陰でここまでたどり着けた」

そう呟《つぶや》いたローウェンは呪いの王と目を合わせる。

「ローウェン……だと？」

「やぁ、久しぶりだね。呪いの王」

ローウェンは穏やかな表情で語り掛ける。対する呪いの王は、冷静さを残しつつ顔をしかめていた。呪いの王はローウェンに問いかける。

「どういうことだ？　なぜお前がここにいる」

「なぜって？　綺麗《きれい》な花畑には美しい蝶《ちょう》が似合うだろう？」

飄々《ひょうひょう》として適当に返す。その言葉は質問の答えになっていない。眉間《みけん》にしわをよせる王と、不敵に笑うローウェン。いつの間にか、俺によって掘り返されたはずの谷底の黒い花々が、色彩豊かな花園に変わっていた。

「真面目《まじめ》に答える気はないよ。だって私は、君のことが嫌いだからね」

「ふっ……そういう飄々としたところは変わらぬな」

「そうとも。私は変わらない。あの時のままずっと――君を滅ぼすことだけを考えてきたのだから」

ローウェンの身体から無数の蝶が舞う。藍色《あいいろ》に光る羽が、キラキラヒラヒラと花畑を彩る。

「まやかしか……目障りだ」

「そう邪険に扱わないほうが良い。まやかしだって、いずれ現実になるかもしれないよ」

ローウェンが生み出した蝶は全《すべ》て幻術だ。彼は優れた幻術使いで、その力に英雄たちも幾度となく助けられてきた。

偽りの現実を構築し、騙《だま》し、欺くのが幻術使い。だが、彼の場合は少し違う。彼が生み出した幻は、ただの幻で終わらない。

無数の蝶が呪いの王に近づく。ひらりと肩にとまった直後、彼の肉を抉《えぐ》り取る。

「ぐっ、がっ」

「美しい花に棘《とげ》があるように、私の蝶は肉を食らうのさ」

ローウェンが生み出した蝶が呪いの王へ襲い掛かり、彼の肉体に食らいつく。蝶が肉を食らうなど、本来はあり得ない。まやかし、偽り……それらを生み出し、彼は現実に変えてしまう。

彼が幻術で生み出したものは、実体を持つ幻覚。幻でありながら、その存在を強く証明する新たな生物である。

「こんなものでぇ！」

「無駄だよ。今の君では、私の蝶を振りほどけない」

この瞬間を、ローウェンは待っていた。幾千年の時を過ごし、ただ一時を待ち続けた。

「ようやく……ここまでたどり着いた」

呪いの王は強くなっていた。人間が増え、負の感情も増えたことで、より強い状態で復活を遂げた。そのことを、ローウェンは予想していた。

だが、俺を……俺の中にいる彼らの力を信じた。たとえ強くなろうとも、彼らの力であれば対抗できると。そうして、呪いの王はギリギリまで呪力を削られていた。

万全の状態であれば、ローウェンの力は通用しなかっただろう。全てはここまでの戦いがあってこそ。だからこそ、彼は俺に言ったんだ。

感謝するよ――ユーストス。

「ぐおあ……こんなことで我は滅びぬ！」

「いいや、残念ながらここまでだよ。君は滅ぶんだ」

蝶が全身を蝕《むしば》んでいく。肉体の再生が追いつかず、いたずらに呪力を消費しているようだ。このままいけば、呪いの王は消滅する。俺と彼らの念願が叶う。

「滅ぶ……我が……」

が、ここで終わるのなら、かの英雄たちは命を落としていなかっただろう。

「それはありえない。我は不滅……お前たち人間がいる限り、滅びることなどありはしない！」

瞬間、蝶の群れがはじけ飛ぶ。一瞬のうちに膨れ上がった呪力で切り裂かれた。花が枯れ、大地が震えている。

あの時と同じだ。

呪《のろ》いの王は自らの死に直面して、その恐怖を呪いの力へ変換している。加えて世界中から負の感情を……呪いの力を集め、自らの身体に取り込んでいる。最後の力を振り絞って、俺たちに最大の呪いをかけようとしているんだ。

「結末は変わらぬ！　お前も、器となった男も呪い殺してやろう」

「ああ、そうだね。君はそうするだろう」

しかし、対するローウェンは冷静だった。なぜなら彼は一度見ている。見て知っている。守れなかった後悔も、一人残された孤独も全て。

「最後に勘違いを正しておこう。私の役目は君を倒すことじゃない。君の退路を断つために出て来たんだ」

「何を言って――」

ローウェンの身体から蝶が舞う。無数に舞う蝶は一つに集まり、巨大な蝶へと変化する。巨大な蝶はヒラヒラと羽ばたき、呪いの王の頭上へと移動した。

そして、ガラスが砕けるような音と共に、巨大な蝶の身体はバラバラに崩壊した。崩れた蝶の残《ざん》骸《がい》は鱗粉《りんぷん》のように舞い散り、呪いの王にも降りかかる。

「こ、これは……力が……」

「吸収できないだろう？　今の蝶は、この周囲に特別な結界を発生させたんだ」

「結界……だと？　まさか」

「そう。結界の効果は、外部からの力の侵入を完全遮断すること。もう君は、外から呪いの力を補充することは出来ない」

ローウェンの狙《ねら》いは、最初から呪いの王の補給路を断つことで、かつての英雄たちが受けた最後の呪いを発動させないことだった。結界のお陰で力の回復は止まり、呪いの王は自死に俺たちを巻き込むことが出来ない。

「貴様……」

「そう睨《にら》まないでおくれよ。言っただろう？　私の役目は君を倒すことじゃないと」

そう言ってローウェンは、地面に突き刺さった聖剣に目を向ける。かつての戦友が手にした剣に優しく触れる。

「ユリアス、君の剣はいつ見ても美しいね」

「……何を言っている？」

「ただの独り言さ。さて、最後の仕上げをしようか」

ローウェンが聖剣を握ると、彼が生み出した蝶と同じ藍色の光が聖剣を包み込む。

「これで聖剣に私の力が加わった。この剣なら一《ひと》太刀《たち》浴びせれば、今の呪いの王を倒せるだろう」

「何だと？」

呪いの王が反応した。しかし彼は、呪いの王に話しかけていたわけじゃない。彼が話しかけている相手は、俺だ。

「ねぇユーストス、君は彼らの力を借り物だなんて言うけどさ？　彼らの力を受け継ぎ、使い熟《こな》せたのは、紛れもない君の力なんだよ？」

「何を……言っているんだ」

「君の力があったから、彼らの思いは受け継がれた。君がいてくれたから……ここまで来られたんだ。もっと胸を張って良い」

ローウェンの優しい言葉が心に響く。彼の言葉を聞く度に、身体の感覚が徐々に取り戻されて、肉体の主導権が俺へと移っていく。

「君の強さは、君の力があってこそなんだ。だから……君は君の力を信じれば良い。君の力で——呪いの王を倒すんだ」

そう言うと、彼の身体に蝶が集まり、そして散る。途端に、俺の意識も身体に戻った。姿も俺のものになっているのだろう。

任せたよ。と、心の中でローウェンは俺に言ってくれた。

「ありがとう」

「お前は……」

「待たせたな。これが……本当に最後だ」

俺は地面に突き刺さった聖剣を抜き、呪いの王に切っ先を向ける。

「……ふっふふはははははははははははははは！　ああ、最後だこれが終わりだ！　お前はここで呪い殺す！　お前の中にある忌まわしき亡霊どもと共にな！」

呪いの王の全身をどす黒いオーラが包み込む。呪いの力が具現化して、黒い影のように蠢《うごめ》く。ローウェンの力で補給は絶たれた。しかし、外部からの補給が止まっただけで、彼は自身の負の感情を力に変えられる。

膨れ上がる呪いの力を前に、俺は聖剣を握る力を強める。

「いくぞ！」

そして力強く地面を蹴《け》り駆け出す。呪いの王の懐に入り、聖剣の一振りを浴びせるために。

「無駄なことだ！」

呪いの王は身に纏《まと》った呪いの力を放出する。呪いの刃《やいば》が無数に分裂し、俺を切り刻もうと四方から迫る。

「っ……」

「ふははははは！　その身体《からだ》では躱《かわ》すことも出来ぬだろう！」

呪いの刃は四方から絶え間なく襲い掛かってくる。さっきまでの戦闘で、俺は力のほとんどを使い果たしていた。魔力も限界ギリギリだ。聖剣を維持することに精一杯で、他のスキルを発動させる余裕もない。

これまでずっと助けられてきた英雄たちの力に、今は頼ることが出来ない。ローウェンも力を使い果たしている。それでも……。

「それでも俺がいる！　まだ俺がいるんだ！」

スキルが使えなくとも、彼らの記憶から得た経験はある。彼らの力を借りて、彼らと共に戦い抜いてきた記憶が……俺の身体には宿っている。剣の振り方、足運び、戦い方の全《すべ》てを俺の身体は覚えている。

剣聖ユリアスからは剣術を学んだ。剣に捧《ささ》げた彼女の生涯は、ほとんど素人《しろうと》だった俺を最強へと駆け上がらせた。今の俺には斬れないものなんてない。

流星クランの歩法を身に付けたお陰で、ボロボロの身体でさえ呪いの王の攻撃を躱すことが出来ている。誰かを守る為《ため》に手に入れた力は、己の命も守ることが出来る。

それでも躱しきれない攻撃はある。そんな時、天眼アルテミシアの正確な狙いが力を発揮する。どのタイミングでどこを見るべきなのか、全てを見渡した彼女だからこそ、見るべき場所を見誤らない。

魔力は限界ギリギリだ。それでも聖剣を維持できているのは、賢者ソロモンから身に付けた魔力操作の技術があってこそ。より少ない魔力を効率的に循環させ、消費を限りなく抑え込んでいる。

迫る呪いの力に対抗できるのは、聖女フレイヤの力のみ。俺は戦いながら無意識に、その力を身体中にかけ回《めぐ》らせていた。

彼らから受け継いだのはスキルだけじゃない。記憶の中には彼らの経験が、積み重ねてきた努力が込められていた。そしてこの旅を通して、俺は彼らの力を借りて戦ってきた。それは紛れもなく、俺自身が積み上げてきた経験と努力なんだ。

なら、それを信じれば良い。たとえスキルが使えなくとも、彼らは俺の中にいて、一緒に戦ってくれているのだから。

「っ、しぶとい奴《やつ》だ。諦《あきら》めてしまえば楽になれるというのに」

「諦めるわけないだろ」

気力体力ともに限界で、全身もボロボロで血も足りていない。それでも俺の身体は動いている。まだやれると叫んでいる。

呪いの王の攻撃は絶え間なく続く。近づこうと一歩を踏み出す俺を、呪いの刃が拒む。その攻撃を振り払い、着実に少しずつ前へと進む。

「……なぜだ？」

次第に呪いの王は表情を曇らせていく。目の前にいるのは人間で、肉体も精神も限界に達している。満身創痍《まんしんそうい》の人間が相手であれば、補給が絶たれても殺すことは容易《たやす》いと考えていたのだろう。

「なぜ動ける？　なぜ前に進むことが出来る？」

「さぁ、どうしてだろうな？　何だか少しずつ……よく見えるようになってきたよ」

「見える……？」

そう、よく見える。襲い掛かってくる攻撃に目を凝らし、その先にいる呪いの王を見据える。そうすると見えてくる。彼が何を思い、次に何をしようと考えているのか。

最初は攻撃を受けながら耐えていた。ボロボロの身体では躱すことすら難しかったから。だけど今は、どう躱せば一番楽なのか、安全なのかがわかる。次に踏み出す一歩の場所も、剣で受けるべき攻撃も判断できる。

慣れもあるがそれ以上に、相手の攻撃がよく見えるようになってきた。一歩一歩確実に、呪いの王へと近づいていく。近づく度に、呪いの王は焦りを見せる。

「何だ……何なのだ！　貴様には一体何が見えているというのだ！」

「俺の眼《め》に見えるもの……それは──」

俺は呪いの王を指さす。

「お前の未来だよ」

「なっ……」

呪いの王は驚愕《きょうがく》し動揺する。

ローウェンは言った。俺は俺の力を信じれば良い……俺の力で呪いの王を倒せと。俺の中にある数々のスキルは全て、英雄たちからの借り物だ。どれだけ使い熟しても、俺は彼らにはなれない。


俺にとって、俺自身の力と呼べるものは『継承』スキルただ一つだけ。

このスキルは元々、『鑑定』という物の価値を見るスキルだった。商人としては有能でも、冒険者としては大して役に立たないスキル。だから何度もパーティーをクビになった。

その『鑑定』がローウェンの力で進化し、武器や道具から持ち主の記憶、経験を読み取り力を受け継ぐ『継承』スキルになった。

『鑑定』と『継承』……全く違うように見える二つのスキルだが、あくまでローウェンの力はスキルを進化させるというもの。つまり、二つのスキルは根本は同じ力ということになる。『鑑定』スキルの本質は、見定め見抜く力だ。進化し『継承』になろうとも、スキルの本質は変わらない。『継承』も同じ、見定め見抜く力だ。

そして、スキルの進化が『継承』で終わるとは、ローウェンは言っていない。事実俺は、『伝承』のスキルも扱えるようになった。これもきっと、その派生の一つ。

俺は呪いの王を観察した。攻撃に触れ、彼を感じ、知り、理解を深めていった。そうして彼という存在を見定め見抜いていくことで、俺の眼には彼の……ほんの少し先の未来が見えるようになったんだ。

「未来視だと⁉　馬鹿な！」

「そんな大層な力じゃない。俺に出来るのは、お前を見定めることだけだ」

言うなればこれは『未来視』のスキル――相手の本質を見抜くことで次の一手を予測する。見えるのは、数秒先の未来だけだ。ずっと先、遠い未来までは見えない。

それでも、少し先の未来を見ることで、常に最善の選択をとり続けることが出来る。

着実に攻撃を捌《さば》く俺に、呪いの王は苛立《いらだ》ちを見せる。

「くそっ、人間風情がふざけた真似《まね》を！」

俺が一歩ずつ近づくにつれ、呪いの王は怒りの感情を爆発させ呪いの力を強めていく。

望む未来は未《いま》だ見えない。それでも着実に近づいているという実感はある。俺が望むのは、勝利の未来。呪いの王を倒し、みんなと笑い合う日々。

「まだだ！　まだ我は終わらん！」

「いいや……いま見えたよ」

最善の道を選び続けて、次々に見る未来を繋《つな》いできた。その先に光があると信じてただ進み続けた。

ようやくたどり着いた。細い糸を手繰り寄せて、呪《のろ》いの王に刃が届く……勝利の未来に。

「俺たちの勝ちだ」

「がっ……」

ローウェンの力が込められた聖剣が、呪いの王の身体を切り裂く。彼が身に纏っていた呪いの力が霧散して、急激に薄れていく。

「なぜ……」

呪いの王が膝《ひざ》をつき、力なく倒れていく。

「……なぜ、我は負けたのだ……」

「簡単だよ、呪いの王。お前は強かった……力も、思いも強かった。だけどそれ以上に、俺たちの思いのほうが、ずっと強かったんだ」

世界中から集められた負の感情は凄《すさ》まじく、呪いの王は強大な力を手に入れた。彼の中には、現代に生きる全ての人々の感情が込められている。その力の強さは、身をもって体感した。それでも、俺の中にだって負けないくらい強い思いがある。

英雄たちの幾千年かけて繋がった意志。ここにたどり着くまでに出会った人々の思い。そして共に旅をした仲間たちを信じる心。その全てがあったから、俺はこうして立っている。

「人は呪《のろ》い合うばかりじゃない。信じて託すことだって出来るんだよ」

ローウェン、みんな……これでやっと、無念は晴れてくれたかな。

エピローグ　誓い

谷の上では、アリアたちがリンドブルムと死闘を続けていた。再生能力さえなければ、すでに三度は勝利している。

「はぁ……また、再生してる」

アリアは剣を地面に突き刺し、膝をつきながらも敵を見据えている。身体《からだ》はボロボロで体力もとうに限界を超えていた。

「……マナ？　いける？」

「……いけ……る」

限界なのはアリアだけではない。ティアは魔法弓を維持することも出来なくなり、マナは限界以上の魔力を消費したことで、意識を保つことで精いっぱい。グリアナも剣が折られ、いつ倒れてもおかしくない状態だった。

「次が来る……」

グリアナの声で三人は力を振り絞り、再び戦うために構える。リンドブルムは何度倒しても復活して、彼女たちに襲い掛かる。終わりの見えない戦いに、身体だけでなく心も摩耗していく。

それでも彼女たちは諦めない。

「まだ……戦えるよ」

「師匠ならきっと……」

「……お兄さんなら」

「ああ、信じよう……彼を」

ユーストスの勝利を信じて戦い続ける。何があろうと倒れることなく、最後まで生き残ることを諦めない。彼女たちの意志は固く、思いは強かった。

そして、その思いは遂《つい》に報われる。ブレスを放とうと顎《あぎと》を開けたリンドブルムの肉体が、ボロボロと崩壊し始めた。

「これって……もしかして！」

アリアはリンドブルムから呪いの力が消えていくのを感じ取った。それはすなわち、ユーストスの勝利を告げている。

「やった……先生が勝ったんだ！」

「師匠が……師匠……」

「やっぱりお兄さんは凄《すご》い」

「終わった……のだな」

四人とも力が抜けてその場に倒れ込んでしまう。ユーストスの勝利を知って、張り詰めていた緊張の糸が解《ほど》けてしまった。しかし一度は力を抜いて倒れながらも、四人は再び立ち上がる。

「先生の所へ……行かなくちゃ」

アリアの言葉に頷《うなず》き、四人は暗い谷を見下ろす。

そして、はるか遠くの谷底にうっすらと見える花畑に驚くのだった。

◇◇◇

聖剣に切り裂かれたことで、呪いの力が薄れていく。斬られた傷口から肉体が崩壊を始め、呪いの王は仰向《あおむ》けで地面に倒れ込む。

「まさか……我が敗北するとはな」

「……驚いたな。今の一撃を受けてまだ残っているのか」

「残りカスだ。もはやお前を呪う力もない」

そう言っている彼の言葉は弱々しく、今にも消えてしまいそうだった。近くで見て、感じ取っているからわかる。言葉通り、今の彼には何かを呪う力もない。

呪いの王はもうすぐ消える。

「愚かな人間……今はどんな気分だ?」

「それはもちろん、清々《すがすが》しい気分……でもないな。正直あまりスッキリしていない」

やり遂げたのだという達成感はある。英雄たちの無念を晴らすことが出来た喜びも感じている。

だけど、それ以上の感情は湧《わ》いてこない。ようやく終わったんだと思う程度だ。

その理由はたぶん、俺が呪いの力を使ったからだろう。あの時、俺の胸を支配していた負の感情は、形容しがたい胸の痛みとして今も残っている。

呪いの力を通して、彼の中に溢《あふ》れていた感情も感じ取った。人々の恐怖や絶望、恨みや後悔、嫉《しっ》妬《と》心に復讐《ふくしゅう》心。どれも良い感情とは言えない。真っ黒で、苦しくて、泣き出したくなるような孤独感もあった。

出来ることなら、二度と味わいたくない。そんな風に思える力だった。

「お前を生んだのは……俺たち人なんだよな？」

「そうだ。お前たちから漏れ出る悪感情が、我という間違いを生み出した」

「間違いって、自分で言うのかよ」

「事実だ。我自身、我の存在が正しいなどと思ったことはない。我は――」

生まれてくるべきではなかった。そう呟《つぶや》いた彼は、とても切なげな表情をしていた。

呪いの力を通して流れ込んできた感情の中に、彼自身の思いもあった。彼は常に嘆いていた。押し寄せる感情の波に呑《の》まれながら苦しんでいた。

彼の頭の中には、誰かの恨み言が常に聞こえている。お前が悪い、お前が死ねばいい、お前なんて生まれてこなければ良かった。そう言われ続けているようなものだ。

「お前も……被害者だったってことか」

「どうであれ、我はいずれ再び世に生まれる。人間がいる限り、悪感情は消えない」

「そうだな、うん。消えないよ」

善性と悪性は表裏一体。人間に感情がある限り、負の感情が消えることはない。彼の言う通り、何千年か先の未来で、別の呪《のろ》いの王が誕生するだろう。そうなればまた、誰かが戦わなくてはならない。不毛な戦いを、永遠に続けていくのか。

そんな未来は、誰《だれ》も望んでいない。

「だったら、俺が世界を変えるよ」

「……何？」

「聞こえなかったか？　呪いなんてものを生み出す世界を、俺が変えるって言ったんだ」

俺がそう言うと、呪いの王は鼻で笑う。

「ふっ、方法があるのか？」

「さぁ？　今はさっぱりだ。でも——」

これまでの戦いを振り返る。決して楽とは言い難い戦いばかりで、正直に言えば辛《つら》いものが多かったと思う。強敵ばかりで、自分が生き残ったことを奇跡だと思える瞬間もあった。その度に実感する。

俺の中に詰まっている思いを。俺のことを支えてくれる存在を。

過去の伝説も、多くの人の思いで紡がれている。

「お前を倒したのは思いの力だ。受け継いだ思いは何千年経《た》とうと薄れなかった。そんな力があれば、何だって出来る気がするんだよ」

奇跡だって起こせる。不可能だって可能に出来る。根拠のない絵空事だと言われても仕方がないけど、俺は確かにそう思ったんだ。

すると、呪いの王は呆れたような顔をして……。

「……ぷっ、はははははは」

直後に、大きな声で笑い始めた。無邪気な子供のような笑顔で、解放されたように。そうして彼は俺に言う。

「やはり愚かだな人間は」

「ああ、そうかもしれない」

「その代表よ。次に会うことがあれば、今度こそ呪い殺すぞ」

「殺されるのは困るから、意地でも世界を変えてみせるさ」

俺たちはもう二度と会うことはない。これは願いではなく、誓いだ。呪いの王という間違いを、この世界からなくす。それまで俺の戦いは終わらない。

呪いの王は呪いの言葉を残して消えていく。その姿を最後まで見届けながら、俺は英雄たちの遺物を取り出し、眺めながら感じ取る。


ありがとう。


声が聞こえた気がした。わかっている……本当に聞こえたわけじゃない。俺が知っている彼らならきっと、感謝の言葉を口にしてくれるはずだと俺が思っただけなんだ。

それでもハッキリと聞こえたのは、俺の中に彼らの力が、意志が、確かに残っているからなのだろう。

この旅の間ずっと、彼らは俺と共に戦ってくれていたんだ。なら、感謝を伝えるべきは俺のほうだろう。

剣聖の剣技があったからこそ、強敵との戦いに真正面から挑むことが出来た。流星の歩法を身に付けたお陰で、助けたい人の元へ駆けつけることが出来た。聖女の祈りがなければ、救えなかった命も多かっただろう。天眼の眼《め》と弓があったから、遥《はる》か遠く離れた地を守護することが出来た。賢者の魔法がなかったら、魔王と戦ったり、街を復元することも叶《かな》わなかったはずだ。

剣聖、流星、聖女、天眼、賢者、誰か一人でも欠けていたら、俺はここまでたどり着くことが出来なかっただろう。

偉大な英雄たちが力を貸してくれたから、俺はこの地までたどり着き、呪いの王に打ち勝つことが出来たんだ。

「ありがとう……ございました」

俺は偉大な英雄が残してくれた遺物を握りしめ、感謝の言葉を返した。そしてもう一人、俺と共に戦ってくれた偉大な英雄のことを思い浮かべて、そっと目を閉じる。

「終わったぞ、ローウェン」

瞼《まぶた》の裏には、かつてローウェンと初めて出会った一面の花園が広がっていた。そこにはローウェンが立っている。優しく微笑《ほほえ》みながら、俺と目を合わせる。

「満足したか？」

「そうだね。私たちの無念は晴らされたよ。君のお陰で」

「そうか」

「だから今度は、君の番だ」

ローウェンはそう言って俺の胸に手を当てる。

「君の望みは何だい？」

「俺は……呪いの王が二度と生まれないように、世界を変えたい」

方法はわからないし、出来る保証はない。きっとこれまで体験した出来事以上に辛く大変な旅路なのは明白だ。それでも成し遂げないといと思っている。

「協力してくれるか？」

「もちろんだとも。それが君の意志なら、私は共に歩くだけだ」

俺のお願いをローウェンはあっさりと引き受けてくれた。たぶん俺が何を願っても、彼は手伝ってくれたのだろう。

英雄たちの思いを現代に繋《つな》いだ彼は、誰よりも優しくて強い英雄だった。

「もう一つお願いを聞いてもらえるか？」

「何だい？」

「いつかで構わないから、ローウェンのことを教えてほしい。他のみんなは隅々まで知ってるけど、ローウェンのことだけは知らないからさ」

そんな彼のことも知りたいと、欲深く図々《ずうずう》しくお願いをする。するとローウェンは笑いだし、満面の笑みを見せる。

「ははは、そうだったね。うん、いいだろう。いち段落したら、夢の中で語り合おうじゃないか」

「よし、約束だ」

「ああ……ユーストス」

散々笑って、彼は真剣な眼差《まなざ》しで俺を見つめる。そうして右手を差し出し、握手を求めて来た。

俺は彼の手を握る。

「ありがとう」

「俺のほうこそ感謝しかない。最高の旅が出来たよ」

旅の終点を迎えて、俺は心からそう思える。最後にローウェンは優しく微笑み、ゆっくりと世界は消えていく。


次に瞼を開けると、真っ暗な谷底が見えるだけだ。

「改めて見ると暗いな」

本来は自分の姿さえ見えないくらいの暗闇《くらやみ》。ローウェンが生み出した花々だけがぼんやり光っているが、戦いを終えた今の俺には、周囲を照らす魔力すら残っていない。

するとそこへ、淡い光が近づいてくる。

「先生！」

光のほうから、アリアの声が聞こえた。うっすらと彼女の姿が見える。ボロボロだけど、嬉《うれ》しそティアにマナ、グリアナさんの姿も見えてホッとする。彼女たちも無事に生き残り、リンドブルムは消滅したらしい。彼女たちは地面に降り立つと、そのまま勢いよく俺に駆け寄ってくる。

「アリア！　みんなも」

「良かった！　先生……」

「師匠なら……負けないと信じていました」

「無事でよかった」

「ああ、お前たちもよく頑張ったな」

泣きながら抱き着く三人の頭を撫《な》でてやる。お互い傷だらけでも、ちゃんと生きている。生き残って、こうして言葉を交わせる。それが何より嬉しくて、自然と頰《ほお》が緩んでしまう。

「さて、帰ろうか」

こうして俺たちの旅は終わった。だけど、俺たちの物語は終わらない。

世界を変えても、その先も、ずっとずっと続いていく。

This adventurer is
the strongest
in the human history

【英雄】
ユーストス

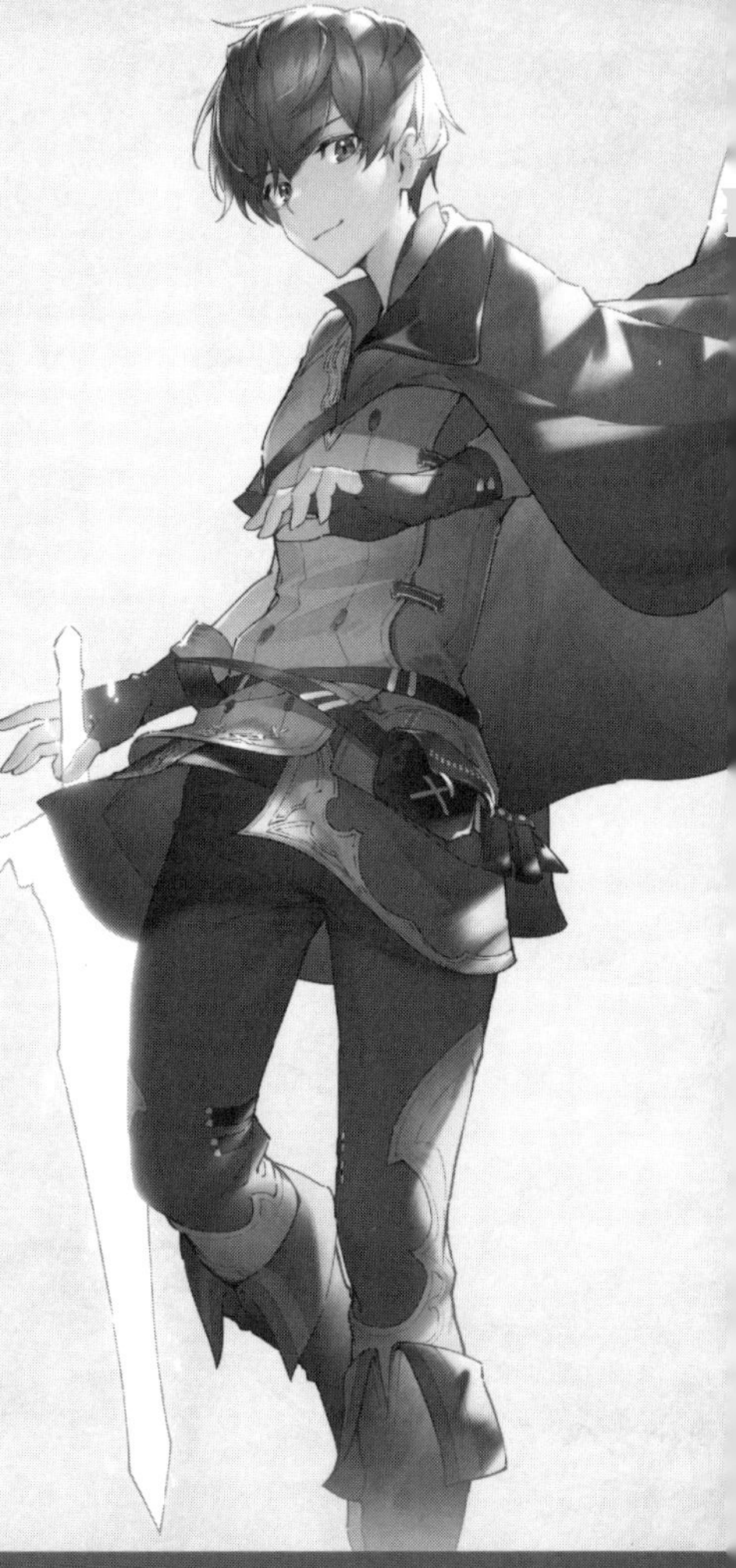

人物像 Profile

スキル『継承』に覚醒し、英雄たちの能力・記憶を宿した、人類史上最強の冒険者。幼いころ、生まれた村を魔物に襲われ自身も殺されかけたところを、冒険者の一団に救われる。

その強さと活躍は鮮明に脳裏に焼き付き、それ以来憧れの冒険者になるべく、努力を重ねてきた。しかし大した才能もなく、戦闘スキルも持たなかったため、パーティーを転々とする辛い日々を送ることに……。

――このときは、かつての英雄たちの遺志と使命を継ぎ、世界を救うことになるとは誰も予想していなかった。

主要能力 Main Skill

・『継承』・
元来の『鑑定』スキルが進化したもの。道具や武器防具に触れることで、所有者の一生を疑似体験し、その力を受け継ぐ。
※現在使用可能な主要能力：
『剣の加護』『剣聖の加護』『神速』『獣戦躍動』『祈願』『守りの聖句』『転身鏡』『飛翔』『魔法弓』『千里眼』『天地変動』『錬金術』『感覚共有』

・『伝承』・
『継承』スキルからさらに派生したもの。自身が体験した記憶を、夢を媒介として他者と共有することができる。

・『未来視』・
元来の『鑑定』スキルの本質である、見定め見抜く力から派生したもの。相手の本質を見抜くことで、次の一手を、数秒先の未来を予測する。

CHARACTER

あとがき

最後まで読んでくださった皆様、日之影《ひのかげ》ソラです。

一巻から引き続き、本作を手に取って頂いた方々にまずは感謝の言葉をお送りいたします。本当にありがとうございます。

さて、ついに発売されました第二巻ですが、いかがだったでしょうか？

本作は「小説家になろう」様で連載していた作品を改稿、加筆したものになります。WEB版から読んでくださっている方にはおわかりだと思いますが、第二巻はほとんど全《すべ》て書き下ろしになっております。

WEB版では第一巻の終わりから、続けて呪《のろ》いの王との決戦が描かれておりました。この第二巻では、呪いの王に至るまでの道程を大幅に加筆しております。

WEB版では登場していない敵や、六人の英雄たちとは別の英雄も登場したりと、自分で言うのは恥ずかしいのですが、かなり濃い内容になっていると思います。

実は一巻の時点で、もし二巻が発売することになったら大幅な加筆が必要になるというのはわかっていました。

正直に言うと、当時はあまり深く考えていませんでした。WEBでもたくさん執筆しているし、特に問題なく書けるだろうと。

それがいざ執筆を開始してみると、普段以上に集中力が必要で大変でした。一番の違いは、この文章がそのまま本になるんだ……という意識の強さだと思います。少しでも読者の方々に面白いと思ってほしい。そう思うと、自然に肩に力が入ってしまうものですね。

そういう理由もあって、初稿を担当の編集さんに確認して頂いた際、「一巻より面白くなっています」と言って頂けたときは心からホッとしました。

一巻以上の面白さを、この二巻で少しでも感じて頂けたら嬉《うれ》しく思います。

最後に、一巻に続き素敵なイラストを描いてくださったエシュアル先生を始め、書籍化作業に根気強く付き合ってくださった編集部のOさん、WEB版から読んでくださっている読者の方々など、本作に関わってくださった全ての方々に、今一度最上の感謝を。

それでは機会があれば、また三巻のあとがきでお会いしましょう！

お便りはこちらまで

〒102－8177
カドカワBOOKS編集部　気付
日之影ソラ（様）宛
エシュアル（様）宛

カドカワBOOKS

この冒険者《ぼうけんしゃ》、人類史最強《じんるいしさいきょう》です 2
~外《はず》れスキル『鑑定《かんてい》』が『継承《けいしょう》』に覚醒《かくせい》したので、数多《あまた》の英雄《えいゆう》たちの力《ちから》を受《う》け継《つ》ぎ無双《むそう》する~

2021年8月10日　初版発行

著者／日之影《ひのかげ》ソラ

発行者／青柳昌行

発行／株式会社KADOKAWA

〒102-8177
東京都千代田区富士見2-13-3
電話／0570-002-301（ナビダイヤル）

編集／カドカワBOOKS編集部

印刷所／暁印刷

製本所／本間製本

ISBN 978-4-04-074192-5 C0093

新文芸宣言

かつて「知」と「美」は特権階級の所有物でした。

15世紀、グーテンベルクが発明した活版印刷技術は、特権階級から「知」と「美」を解放し、ルネサンスや宗教改革を導きました。市民革命や産業革命も、大衆に「知」と「美」が広まらなければ起こりえませんでした。人間は、本を読むことにより、自由と平等を獲得していったのです。

21世紀、インターネット技術により、第二の「知」と「美」の解放が起こりました。一部の選ばれた才能を持つ者だけが文章や絵、映像を発表できる時代は終わり、誰もがネット上で自己表現を出来る時代がやってきました。

UGC（ユーザージェネレイテッドコンテンツ）の波は、今世界を席巻しています。UGCから生まれた小説は、一般大衆からの批評を取り込みながら内容を充実させて行きます。受け手と送り手の情報の交換によって、UGCは量的な評価を獲得し、爆発的にその数を増やしているのです。

こうしたUGCから生まれた小説群を、私たちは「新文芸」と名付けました。

新文芸は、インターネットによる新しい「知」と「美」の形です。

2015年10月10日

井上伸一郎

奇跡に詠唱は要らない――
気弱で臆病だけど最強な
魔女の物語、書籍で新生！

カドカワBOOKS
サイレント・ウィッチ
沈黙の魔女の隠しごと
Secrets of the Silent Witch
コミカライズ決定！
依空まつり Illust 藤実なんな
〈沈黙の魔女〉モニカ・エヴァレット。無詠唱魔術を使える世界唯一の魔術師で、伝説の黒竜を一人で退けた若き英雄。だがその本性は――超がつく人見知り!? 無詠唱魔術を練習したのも人前で喋らなくて良いようにするためだった。才能に無自覚なまま“七賢人”に選ばれてしまったモニカは、第二王子を護衛する極秘任務を押しつけられ……？
気弱で臆病だけど最強。引きこもり天才魔女が正体を隠し、王子に迫る悪をこっそり裁く痛快ファンタジー！

TVアニメ
2021年1月より
連続2クール
放送決定!!
生きて、
蜘蛛子ちゃん――!!
全ネットが応援した
衝撃の問題作!!
蜘蛛子の七転八倒ダンジョンライフが漫画で読める!?
角川コミックス・エースより好評発売中!
スピンオフコミックも要チェック!!
漫画:かかし朝浩
漫画:グラタン鳥
シリーズ累計200万部突破!!
※紙本と電子書籍の合算数字となります。2020年6月現在。
シリーズ好評発売中!!

蜘蛛ですが、なにか?

馬場翁　イラスト／輝竜司
女子高生だったはずの「私」が目覚めると……なんと蜘蛛の魔物に異世界転生していた！　敵は毒ガエルや凶暴な魔猿っておい……。ま、なるようになるか！種族底辺、メンタル最強主人公の、伝説のサバイバル開幕！

カドカワBOOKS